続 ある少年H

わが「失楽園」

石崎晴己［著］

UN GARÇON H II

Mon « Paradis perdu »

吉田書店

続　ある少年H　【目次】

一　祖父の死 ……… 1

大伯母の助産院／瞬間湯沸かし器、作動／あれがニコライ堂だよ／通夜の記憶──愉しい思い出／祖父は孤独の中で逝った／「夜」／黒澤の『生きる』での通夜／思春期とは、楽園追放か？／ニヒリズム、そして文学志望／祖父、雑誌を焼く／十四男叔父さんとトロイ戦争／叔父さんは「たじたじとなった」のか？／馬上槍試合の種目──ジョスト（joste）／「中学生にもなって……」／鉛筆の削りかす事件／愛する孫の邪気のないいたずらに……

二　友達のいる情景 ……… 43

地下要塞計画／宮沢君──ご近所の貸し借り／格さん──フェンシング風チャンバラごっこ／厠（便所）の小窓がガラッと開いた／汚《お》穢《わい》屋《や》をめぐる考察／『それから』の代助が「妾を置く」？／「バカと鋏は使いようで切れる」／井出君──羽仁進の『不良少年』／井出君──校庭でのチャンバラごっこ／「トム・ソーヤーみたいなことは、しちゃだめよ」／宮木先生の説諭──今昔「いじめ」模様／井出君──まとめ／クラシック事始め──『ファンタジア』／『ピクニック』──わが青春のキム・ノヴァック／格さん──その後

三　「ブーちゃん」 ……… 89

高橋君の固執／今村昌平の「豚コンプレックス」？／ブーチャン＝市村俊幸／

「こんなになってしまいました」と言って、艶然と微笑んだ／正しい美貌と邪淫の美貌／「阿呆みたいな間抜けヅラ」／あおい輝彦や鳥塚しげき風の美少年／ブス攻撃は、悪の告発か？／醜男サルトルのケース／醜さの自己発見はいつのことだったか？／「アルブマルル女王、もしくは最後の観光客」／無差別で偶然の発芽の狂乱／『嘔吐』――ド・ロルボン侯爵の蠱惑／「ブーちゃん」という渾名は、いつ頃発生したのか？／前の席の女子／楽園追放――容貌の美醜が問われる世界への転落

四　半魚人とグレース・ケリー …… 135

白の水着の危うさ／半魚人とドラゴン／サン・ミッシェルとリュシフェール／ルッジェーロとカタイの姫／「向島」と山口シヅエ／稲毛海岸の善《ぜん》ちゃんの家／『あばれ獅子』と『肉の蝋人形』／蝋人形ファンタスム／『真昼の決闘』／『トコリの橋』／同じ実体の二つの位相／大木先生――『黄河の水』、『恐怖の報酬』／提出日記／生意気な物言いを寛大に受け止める先生／生徒と先生の相互的共進化／「恋多き男」？／「三年生を送る会」

五　グレイトマンよりグッドマンに …… 183

教科書に墨を塗る――『瀬戸内少年野球団』／延山小学校／「この丘、われらのオオ、荏原五中」／立会川と旗ヶ岡八幡神社／校舎内土足歩行制／フランス料理のカレーライス？／「君たちの負けだ」／グレイトマンよりグッドマンに／

張り切りガール、折井先生の授業／小沢健二こと、ザワ健／丸顔の体育教師、安吾の『信長』／野辺山高原での林間学校／小川を渡る彼女に手を差し伸べる……？／赤岳登山とステンドグラス／グランプリ女優、京マチ子／「与えられた民主主義を……」

あとがき　231

一　祖父の死

　祖父のことは、すでに書いた。特に前編（本書は『ある少年H』の続編ということになるから、前作は「正編」ないし「本編」と呼ぶべきだろうが、もしかすると耳慣れない言葉かもしれないので、便宜的にこう呼んでおこう）の「一　ある少年H」は、ほぼ祖父を主題としている。

　幼い孫息子、少年Hを溺愛し、つねに連れて歩き、自分の生涯を語り聞かせ、薫陶し続けた祖父、少年の頃より鋳物職人として修行を重ね、労働争議を経て独立して町工場の主となり、やがて戦後の貧窮と混乱の世相の中で、当時としてはかなり立派な家を新築して、三人の孫を含む家族に人並み以上の生活をさせることのできたセルフメイドマンたる祖父、癇癪持ちのいわゆる「瞬間湯沸かし器」で、人目を憚って怒りを呑み込むすべを知らず、ある意味では野放図に己の意思と感情を表現した祖父——その祖父は、一九五五（昭和三十）年四月九日に数え六十八で亡くなった。

大伯母の助産院

祖父の「瞬間湯沸かし器」振りについては、やはりいくつかの事例を挙げて述べたものだが、ここで多少の「補足」を試みるなら、こんなエピソードもある。――ある日、祖父はHを連れて赤羽まで出掛けた。祖父の姉が、赤羽で産婆（助産婦＊、現在の呼称は助産師）をやっていたのだ。おそらく、Hはもう中学生になっていたはずだ。その日に交わされた遣り取りのコンテクストから逆算すると、どうもそうなりそうなのだった。

＊　助産婦というのは、国家（厚生大臣、現在では厚労大臣）の免許によって認められる資格で、助産院を開業することもできる。現在は、分娩・出産は、病院で医師の助けでなされるのが大部分だろうが、かつては自宅で産婆さんの助けを借りて分娩することが多く、助産院で行なうことも多かった。だから、社会的ステータスとしては、医師に準ずるレベルにあり、女性の職業としては、病院で医師の下で働く看護婦（看護師）などより威信があったのではなかろうか。いずれにせよ、産婆さんというのが、いかに立派な身分であるのか、したがって産婆をしている大伯母さんが、いかに「えらい」人か、Hは道々祖父から話して聞かされた。

大伯母の助産院は、石造り風（おそらくモルタルなのだろう）の正面を持つ立派な建物で、大伯母も背筋の伸びた、自然な尊厳を備えた老婦人と見えた。どういうわけか、クライエント――と言うべきか、ペイシェントと言うべきか――が来合わせて、大伯母が優しい威厳をもって応対している場面を目にした記憶がある。そのような場面を目にするのは、その訪問の折としか考えられない。奥に通されると、夫と思しき男性が迎えた。大伯母にも見覚えはなかったが、その人にもそれまで会ったことはなかった。もしかしたら、中学生になった孫息子を披露するための訪問だったのかもしれない。おそらく学校のことなども、聞かれたのだろう。そのうち、「折角来てくれたんだから……」何かプレゼントしようと言い出した。「何がいい?」カメラか双眼鏡か、と訊いてきた。双眼鏡というのは、確かだが、もう一つの選択肢がカメラだったかどうか。カメラだとすれば、少々高すぎるのではなかろうか。

「本がいいです」とHは答えた。それを聞いて、相手はご夫人と何やら相談を始めた。何となく、新たに買ってもらえるのだと思ったのだが、実は家にあるものから何かプレゼントしようとしていたのだ。そこで、家にあるどの本なら適切なのか、軽く相談することになった。すると祖父が介入した。「ハルミ、そうじゃないでしょう。どちらがいいか訊いていらっしゃるのだ」と。そこで慌てて「双眼鏡がいいです」と答え直した。

早とちりで「本がいいです」と答えたのは、言うまでもなく、「本好きな」少年を演出したかったからだが、別に嘘偽りではなかった。もらって嬉しいものは、本しかなかった。実は、しばらく前に、Hは一巻版の「百科事典」、おそらく平凡社の「百科中事典」(「小事典」かもしれない)をプレゼントされていた。誰からもらったのか、あの人だ、という漠然としたイメージがあるが、その人が何者なのか、覚えていない。父の仕事の関係の人だったと思うが、よく家に来ていた人ではない。祖父の代からの知り合いでもない。それにしても、かなり分厚い、広辞苑ほどの厚みのある本で、今なら一万円くらいはしただろう。かなりのプレゼントだから、何らかの意味があるはずで、おそらくHの中学入学の祝いなのではなかろうか。

その「百科中事典」、カヴァーには、中に盛られた写真を選抜したものが、碁盤の目状に並ぶ縦横三センチほどの齣の中に一点一点収められて、ぎっしりと並んでいた。その中に、白鳥の湖風の白いチュチュを纏ってアラベスクで立つバレリーナの姿があった。当然、伸びやかに後方に伸びた脚の付け根のツン（tune）は、人目に晒されていた。他にどんな写真があったか、覚えていないが、この写真だけは今でも覚えている。

祖父に連れられて、赤羽の大伯母の家を訪れたのが中学入学後であったという漠然とした時系列感覚は、この遣り取りで、「本がいいです」と早とちりで答えてしまったときに、この「百科中事典」をしばらく前にプレゼントされていた覚えがあった、というところから生じたものだろう。こうしてHはめでたく双眼鏡を頂戴することになった。

大伯母の夫が何をしている人なのか、妻の助産院の収入に依存して暮らしているだけの人間とも思えなかった（一番収まりがいいのは、公務員あたり、だろうか。ただそのときにはすでに定年に達していただろう）が、いずれにせよ、大伯母の家庭は、かなり裕福で、文化水準も高い家だったことは、当時は庶民の家庭にはあまりなさそうな双眼鏡やカメラ（もしかして）があり、それを無造作に人に贈ることができるということからも、わかる。

瞬間湯沸かし器、作動

そう言えば、父から聞いた話だが、私立の中学に通っていた父は、その頃家計が厳しく、学費をこの大伯母から出してもらっており、毎月（だと思う）赤羽のお宅に伺って、この夫から月謝分の金額を手渡されていた。「それが嫌でね……」と、父は言ったものだ。毎回、頭を下げて、恭しく頂戴しなければならなかった。「投げて寄越した」こともあったと言う。それが嫌で、一度などは、赤羽に行く途中で、失踪したこともあるらしい。

さて、双眼鏡を頂戴した以上は、大いに喜び、その喜びを盛大に表現する必要があった。そこで、二階に上がって、双眼鏡の試用を行なうことになった。二階は八畳くらいの広い座敷一間になっていたが、小躍りしながら階段を上り、倍率をいろいろ調整しながら、窓から双眼鏡であちこちを眺めることに飽くことがなかった。しばらくそんなことをやっていると、いきなり下から「ハルミ、帰るぞ」という、怒声にも似た祖父の声が聞こえた。慌てて下に降りると、祖父はいきり立って、すでに玄関で靴を履き終えていた。大伯母が何か取りなしているようでもあったが、それに構わず、祖父は早く靴を履くよう急き立てた。

何事が起こったのか。どうも、大伯母の夫が祖父のことを「悪人だからなぁ」と口走ったらしい。おそらくは、よくある冗談めかした偽悪的な揶揄、ないしは男同士のくすぐり合いだったのだろうが、「そっちこそ、人後に落ちない悪党が何を言ってやがる」などと、巧みな返しで共犯的な笑いに落とし込む技量のない祖父は、「悪人とはなんだ」といった、一本気な対応しかできなかったのだろう。それで大喧嘩が突発して、「急なお発ち」とは相成った次第。頂戴した双眼鏡は、そのまましっかり握り締めて帰宅に及んだのか、それとも、「こんなものもらえるか」と、玄関に放り出したのか、定かではないが、記憶を探ってみると、特にねだって買ってもらった覚えもないのに、家に双眼鏡が一つあったようで、どうやらそれがこの時にプレゼントされた双眼鏡だという気がしてこないでもない。だとすると、戴いたものはちゃんと戴いて帰ってきた、ことになる。

思い出しついでにもう一つ述べるなら、この大伯母、ずっと後になって、いきなり我が家に転がり込んで来た、ということがある。祖父が亡くなってからずいぶん経っていた。Hはもう大学生になっており、もしかしたら大学院生だったかもしれない。どうも息子と嫁の仕打ちに耐えかねて、「家出」を決意したものらしい。大伯母に子供がいるのか、何歳くらいか、Hはまったく知らなかった。祖父は一九五五（昭和三十）年四月に、数え六十八で亡くなったが、Hは中三になったばかりだった。姉だから、祖父より一つ二つ年上となると、Hが祖父に連れられてお邪魔したのが、中学に上がったばかりだとすれば、すでに六十八くらいにはなっていただろう。だとすると、それがHの大学一年の時だとしても、大伯母は七十三歳くらいとなる。現在の尺度からすると、独立自営の自由職業者なのだから、まだまだ助産院を運営していける年回りということになるだろうが、当時としてはかなりの老婆だったのではなかろうか。それと、一九六〇年代に病院での分娩がますます増大する中で、助産院の経営が難しくなったことは、ありはしなかっただろうか。いずれにせよ、「家出」をしてきたのだから、助産院はもう存在しなかったのだろう。引退して扶養家族になってしまったが、これまで主に家計を支えてきた誇り高い老婦人としては、そのようなステータスを受け止めきれなかった、ということだったか。

この推測では、夫は当然他界していることになる。まさか今更、夫の浮気に耐え切れず……ということではあるまい。いずれにせよ、Hは事情は一切知らされず、特にこちらから母などに問い質すことはしなかった。大伯母としては、しばらく同居させてもらいたいと要請したのだろうが、結局その願いが容れられることはなかった。一晩くらいは泊めたかもしれないが……。向こうから誰かが迎えに来たのか、こちらから誰かが付いて行ったのか。

以上が、祖父の「瞬間湯沸かし器」振りについての「補足」だが、今から振り返ってみても、別に祖父は特に非難されるほどのことをしたとは思えない。非は専ら「悪人」呼ばわりをした向こうにあるのだ。おそらく役人やサラリーマンの付き合いの中に折り込まれる、ニヤニヤ笑いながらの陰湿な名誉毀損――そんなものに、独立自営業者たる祖父は加担することを率直に拒否しただけなのだ。まあ、江戸っ子の心意気、という奴だ。大喧嘩をしても別に失うものはない、という確固たる立場があったから、可能だったのでもあろう。ちなみに、現今の、と言うかむしろ、ずっと前から、あるいは、太古の昔から横行している「いじめ」というのも、こういう基本構造をしているようだ。そういう精緻微妙な手練手管には、単純明快なワイルドな対応でバッサリやるのが一番だろう。ただ、「いじめ」の場合は、「いじめ」の構造が成り立っている集団から、きっぱりおさらばすることはできない。だから、ワイルドな反撃は、むしろさらに陰湿な泥沼を呼び込むことになりかねない、ということはある。

あれがニコライ堂だよ

もう一つだけ「補足」の思い出を付け加えたい。場面は、祖父と母と三人で電車に乗っているところだ。Hは母の隣に座り、祖父は向かいの座席に座っていた、と考えると辻褄が合う。突然、祖父が席から乗り出して、大声で「ハルミ、ニコライ堂*だ。あれがニコライ堂だよ」と、Hの側の車窓の外を指差した。Hは振り返って、何やら教会のドームと尖塔が視界を流れ去るのを目にしたような気がする。

＊　ニコライ堂は、一八九一年竣工のギリシャ正教大聖堂。駿河台の高台に聳える壮麗な寺院は、多くの人士を魅了してきた。そもそも、日本にはカトリックにせよギリシャ正教にせよ、本格的なキリスト教聖堂は、長崎や天草などを除いて、見当たらないようだ。そこへ行くとニコライ堂は、まさしく世界のどこに出しても恥ずかしくない本格的な大聖堂で、それが首都東京の高台に聳える眺めは、例えばパリのサクレクールやパンテオン、ヴェネツィアのサンタ・マリア・デラ・サルーテなどの眺めに匹敵する（ノートル・ダム以下のゴチックの大聖堂を挙げだしたら切りがなくなるので、割愛）と言ったら、贔屓が過ぎるだろうか。念のため一言。正

教会 Orthodoxie は、ローマ・カトリック教会のように単一にして全世界的な組織ではなく、ロシア正教会、セルビア正教会、ギリシャ正教会等々、基本的に国ごとに独立した組織体をなしており、日本のものは日本正教会となる。それらの正教会の総称として、ギリシャ正教という通称が便宜的に用いられるため、日本では容認され、世界史の教科書などでも使われている。一方ギリシャ国内の組織としてのギリシャ正教会も意味するため、この語は、二重の語義を持つわけである。

これについて、「思い出」の主要部分はむしろこの後に来る。というのも、後で母が、この場面のことを家族に語ったのだが、それが祖父の振る舞いへのかなり手厳しい批判、と言うかむしろ悪口だったのである。「いやんなっちゃうわ、いきなり大きな声で『ニコライ堂、ニコライ堂』って喚き出すんだから」。大勢の乗客がいる所で、人目も憚らず……、と言うのだ。これはHとしては賛同しかねた。それほど無作法なこととは思わなかった。走る電車の車窓の建物について孫に注意喚起するには、それほど時間的余裕はない。いきおい端から見れば礼儀作法にもとることになるのも、やむを得ないのではないか。むしろ母の批判ないし悪口が意外で、母をいささか疎ましく感じたほどだ。母としては、それなりに身なりを整えた母子として並んで座っていたところに、いきなり向かいの席の薄汚い、とは言わないまでも、それほど隆としたわけでもない身なりの老人が、大声で叫び出して、身内であることがばれてしまった、といったところだったろうか。

この二つの例、祖父の「瞬間湯沸かし器」振りと、人眼を憚らない無作法振りとは、それ自体、決定的な瑕疵とは言えない。ただ、複雑な人間関係の中で世渡りするにはあまり適切とは言えず、祖父も、何とか世渡りして来たからには、そんな江戸っ子流の伝法だけでは立ち行かなかったろう。Hの目に触れた野放図さは、おそらく、仕事を引退し、「第二の人生」を生きる者の、無責任さと自由の顕現だったのだ。それなりに耐え難きを耐え、怒りを何とか押し殺して生き、働く祖父の姿を、Hはまったく知らない。あるいは、身に降りかかる無数の苦労、ぎりぎりで切り抜けた無数の難題、腹に据えかねる無数の悔しさと憤り、こうしたものから解放された祖父は、まるで過去の隠忍自重を埋め合わせるかのように、ことさらに激昂と無遠慮を素直に解き放ったのではなかろうか。

通夜の記憶——愉しい思い出

その祖父が死んだ。四月九日だから、Hが中学三年生になって授業が始まったばかりのこととなる。実は祖父の死については、ほとんど記憶がない。そのころHは、日記を書き始めていたが、その記述はない。わずかに四月十五日の欄に「じいちゃんの初七日で学校をやすむ」とあるだけである。中三にもなって「じいちゃん」というのは、いかにも幼稚に見えるが、内面をそのまま走り書きした日記だから、余所行きの言葉遣いはしていない、と弁明しておこう。

このように、同時点の記述――いわば一次資料――はこれだけだが、思い出として祖父の死を語った文は、なくはない。例えば、以下の文である。

……私の祖父が死んだのは、私が中学三年になったばかりの時だったと記憶している。やはりおっかない祖父だった。典型的な祖父であり、父であったのだろう。そして私は、典型的な子であり孫であるのかも知れない。

兎も角、人の死というものに接した私の唯一の機会が、この祖父の死だった。長らく病床についたままで、何気なく死んでいった。「……アッという声がしたのだけれども、体のどっかが一寸痛い位だろうって、気にもとめなかったのよ。それで気が付いたら、こう口を開けたままでしょ。本当に一寸した拍子ね」

私は祖父が病床に就いた頃から、何か自分の周囲が、微妙に変わっているのを知っていた。一種の解放感だった。そして、祖父の死は私の生活に、既に何の影響も及ぼさなくなっていた。私にとって、祖父はもう居なかったのだろう。

だから祖父の死についての記憶はあまりない。ただ通夜の記憶は私の中で生々しい。私はお経というものに、奇妙な愛着を持っていた上に、その夜は私は夜の十二時過ぎまで起きていたのだ。見も知らぬ大勢の人達が、何やら異様な雰囲気で蠢★いている。私はその私の家が、薄暗い燈に映える、ビルマの伽藍であるようなヴィジョンを持っている。その夜私は、酒臭いくせに大真面目な親類の男から、三代目の心得についての説教★★と激励を受けた。私は彼の話を真面目に理解するのが精一杯だった。それから私は、近所の小母さん達の立ち働く傍で妹達とゴロ寝した。愉しい想い出だった。

これはＨが大学二年の時に、クラスで出した、ガリ版刷り（自分たちでガリを切るのでなく、印刷屋に筆耕を頼んだもの）の文集に載せた短文からの引用である。発行日は、一九六〇年六月二十二日となっている。この日付は、いわゆる六〇年安保反対運動の終息の直後に当たる。学生や市民が連日国会議事堂の周りを取り囲んでデモを行なっている中、六月十九日に新安保条約は自然成立し、これによって、条約成立阻止を目指した反対運動は、挫折が確定した。翌日からは国会周辺を埋めたあれほど多くのデモ隊の姿は、嘘のように消えたのである。もちろんそれは当然ではあったが。

Ｈたち早稲田仏文の学生も、クラス討論を重ね、連日大勢が国会周辺に押しかけた。しかし、その一方で、こんな文集を企画し発行していたのだ。この日付は、まことに意外でもあり、どうかすると微笑ましくもある。歴史の中で互いに無関係で、別々の時系列に属していると思われた出来事が、実は同時並行で進んでいたことが判明した、というような感じである。当時の早稲田仏文と言えば、それなりに我こそはと自負する文学少年が全国から集まって来たところだ。その早稲田仏文のクラス文集も、今から見るとひたすら幼稚に見えると言ったら、冷ややか過ぎるだろうか。

この文、タイトルは「愉しい思い出」。引用だけ見ると、祖父の葬式を「愉しい思い出」として語っているように見えるが、実はそれは前振りで、本題は安保反対のデモの「愉しい思い出」を、政治的意味を漂白したところで語ったものである。自分では、通常「愉しみ」を見出してはならない出来事の「愉しい思い出」を語るイロニーを狙ったつもりだったが、それほど理解された気配はなかった。

この文、ほとんど修正なしでここに復元しているが、一箇所、★のところ、原文では「動めいて」となっていた。さすがにこの幼稚な誤字はそのままにしておけず、修正した。また★★のところは、単に「三代目の心得」とのみあったが、それでは文法的に破綻があるので、ご覧のように補った次第。

祖父は孤独の中で逝った

この文によると、祖父はどうやら、一家眷属に看取られて永の別れを惜しまれつつ往生した、のではなかったようだ。もちろん身近で世話をする者はいた。しかし死の瞬間は人知れず訪れて、祖父は孤独の中で逝ったのだ。文中に出てくる独白の主は誰だろう。口調からすると、祖母ではなく母と思える。Hはもちろん、一切関与していない。実は、葬儀についてもほとんど覚えがない。「通夜の記憶は私の中で生々しい」と書かれているが、今では不思議なくらい何も覚えていないのである。もちろん五年前のことを思い出す十九歳の少年の記憶の新しさとは、比較にならないのは当然だ。ただ、あれほど祖父に溺愛されて育ったと自認している自分がそんな体たらくなのは、いかにも恩知らずに思えてくる。まあ、恩知らずなのは、多分事実なのだろう。ただ通夜や葬式の記憶は、祖父の思い出そのものではない。あくまでも通夜や葬式の思い出なのであって、例えば祖父の葬儀の際の読経について濃厚な記憶があるとして、それが祖父のための、あの時の読経であるかどうかは、必ずしも明確ではない。祖父が読経の隅々にまでびっしりと臨在しているわけではないからだ。そして読経の思い出そのものは、長い年月の間に何度か行なわれた同じ僧侶による読経の記憶と、往々にして混じり合い一体化している。

菩提寺たる真盛寺*で行なわれた葬儀の記憶は、しっかりとある。少年Hは、この寺が好きで、ここの読経も大好きだったが、一度だけ、離れになっている客殿で宴が行なわれた。おそらく祖父の一周忌だったろう。それ以外には考えられない。広く壮麗な座敷に、どうかすると百人を超える客が参集した。この離れにはそれ切り一度も入《はい》れたことはないから、壮麗な内装や調度を描写するだけの確たる記憶はないが、ともかくひたすら夢見心地だった。ただ詳細——誰とどんな話をしたか——は覚えていない。

＊　真盛寺は、元は本所にあったのを、大正の頃、杉並区梅里の現所在地に移転した天台宗真盛派（現在は天台真盛宗）の東京別院で、客殿と庫裡は、細川侯爵邸から移築したもののとのこと。いずれかの大名の下屋敷だったところに移転した、と聞かされていたが、あるいはこの

ことがそう伝わったのかもしれない。以前（戦前？）は、時代劇の撮影にもよく使われたという。また越後屋の三井高利の菩提寺で、通称「三井寺」と言われるようで、墓地の一角には、石柵で囲われた広い三井家の区画がある。

「夜」

祖父の通夜を語った文は、もう一つある。「夜」と題する小品で、一九五七年五月二十六日脱稿とあるから、祖父の死よりほぼ二年後に書かれたものだ。記憶としては、より近いわけである。この際その関連部分を引用させて戴く。

……祖父のお通夜のあったのは、私が中学三年になったばかりのことだった。家の上も下も雑多な客であふれ、私の部屋にも白黒の天幕がめぐらされていた。私は、異様な興奮に駆り立てられて、客の間をかけまわり、跳びまわって、手伝いやら何やらをやっていた。時計はそろそろ十時を回っていた。いつもなら、私は床に入って、読み疲れた本を手から離しているか、便所へ行く為、急な階段を降りている時刻である。階段の下には、踊り場のうす明るい光もとどかず、闇が奥深く漂っていて、すでに家族の寝静まった家の中は、何となく不気味な感じさえし、階段が闇にのまれて行くようにみえて、恐ろしい連想をかもしだすのだった。

その階段を、今、私は盛んに上下しているのである。しかも、階段の上からは、宴の騒音と共に、各部屋の明るい光線が、踊り場に集まって、階段の下まで届いており、階段の下は、深淵のような闇のかわりに、玄関の三〇ワットの光と、左右の廊下を流れてくる、ざわめきと光芒とで、陽気な雰囲気に満ちていて、しかも、開け放たれた戸の外には、青い月光と、燈の光とが入りまじって、そこにも、人々がいそがし気に往き来していた。

何とも不思議な光景だった。

十一時も近くなった頃、私はいいつけられて通りを越した酒屋に注文にいった。酒屋はすでに店を閉めていたが、予めいわれた通りに、私が戸をドンドンたたいて呼ぶと、太った上さんが寝間着に何か羽織って出てきた。これも又不思議な光景だった。私はやたらに嬉しくなって、大通りを車にはばかることなく渡った。……私はそれから、家のまわりの路地を、花輪の間をめぐりながら走りまわった。

その晩、私は離れの六畳で十二時過ぎに妹たちとゴロ寝した。それでも、遅くまで起きていた為と、ずっととびまわっていた疲れで、グッスリ眠ってしまった。

ご覧のように、記憶はより詳しい。これによると、どうやら二階の二間（Hの部屋である四畳半と、襖で仕切られる八畳間）は、通夜振る舞いの宴席に充てられており、祭壇は階下の座敷に設えられていたと覚しい。台所に連なる茶の間は、手伝いに来たご近所の小母さんたちの宴の場となっていたのだろう。十時を回ろうというのに、どうやら玄関は開け放たれていたらしい。ご近所さんがひっきりなしに出入りしていて、それこそこんな時間になっても酒の追加に出かけたりしていたわけだが、開け放たれていたというのは、まだ弔問客が来るかもしれなかった、のだろうか。

黒澤の『生きる』での通夜

あの頃の通夜の様子をわれわれが目にすることができるのは、黒澤の『生きる』*（一九五二年十月）の通夜の場面によってだろう。座敷の奥に祭壇が設えられ、座敷の両側に主要な弔問客が、それぞれ膳を前にして座っている。それは志村喬演ずる故人（区役所の課長）の同僚や部下たちで、飲み食いしながら故人を偲んでいる。まさに故人の霊前で通夜振る舞いをやっているのだ。しかし時々、新たな弔問客がやって来て、飲み食いする主要メンバーの前で焼香を行ない、喪主などに挨拶して、故人との関わりを説明したりする。現在では、通夜振る舞いは別室で行なうのが通例だが、本来はこういうやり方だったのだろうか。昔の村の葬式などを想像してみると、いかにもこんな風だったのだろうという気がしてこないでもない。しかしこの映画について言えば、このやり方が、すべての関係者や証人が一堂に会する演劇的な舞台の成立を可能にしているのであるから、おそらく黒澤明の、無理を承知での強引な場面設定だったと考えるべきだろう。

＊『生きる』は、黒澤の現代劇の最高傑作だろう。癌に侵されて死を待つばかりの主人公

は、自暴自棄の放蕩の中に、残された命の生き方を探し求めて、夜の巷を彷徨ったりするうちに、「何かを作る」ことにその方途を見出す。そして住民から何度も陳情のあった、水はけの悪い空き地を公園にする企画に取り組み、まさに「虚仮《こけ》の一念」的に実現してしまう。竣工式の後の深夜、完成した公園のブランコに独り静かに揺れながら、彼は絞り出すような声で「い〜のちいみじいかし、恋せよお乙女……」と「ゴンドラの唄」を口ずさみながら、逝く。この唄、実はその前にも一度登場している。主人公が巷を彷徨している間、伊藤雄之介扮する無頼派作家がメフィストフェレス張りの歓楽の案内人となるが、彼に案内されたキャバレーで、主人公はこの唄を嗄れ声で歌い出す。鬼気迫る、悲痛な歌声だった。その悲痛な絶望と、最後の公園のブランコでの、嗄れ声ながら満ち足りた歌声は、見事な対照をなしている。

それにしても、この文（「夜」）、さすがに当該の過去の時点の二年後と非常に近いだけに、中学三年になったばかりのHの実像を忠実に生き生きと表出している。前段で、階段の下の闇が「恐ろしい連想を……」とあるが、実はこれ「お化けが怖い」ということなのだ。Hは、お化けが怖く、肝試しなどは大の苦手だった。恐怖症《フォビア》（この名に値するかどうかわからないが）は、次第に弱まりながらも、ずっと後まで存続した。今でも夜、一人で墓場の脇などはよう通らないのではないか。それから何と言っても、少年の無邪気さというか、幼稚さといおうか、非日常の異様な状況にわけもなく心を躍らせ、はしゃいでいる、そのガキンチョ振りである。まあ、幼稚さもさることながら、お化け嫌いを臆面もなく暴いているのは、まさにこの文の一次資料的メリットと言うべきで、それは執筆時期が対象に近く、書いた者が書かれた者からそれほど異質になっていなかったからだろう。それに対して、大学二年になって書いた文（「愉しい思い出」）では、さすがに執筆者はずいぶんと成長しており、ガキンチョ振りはほとんど隠蔽されている。さもなければ、クラスメートの嘲笑を買ったことだろう。

「夜」がひたすら、通夜の情景に終始しているのに対して、「愉しい思い出」は、自分にとっての祖父の死の意味を見極めようと試みている。そこから生まれるのは、祖父からの「解放」の物語に他ならない。このテクストにそのまま書かれてはいないが、その趣は以下のようなものだった。曰く「祖父が病床に就いた頃から、一種の解放感を覚えるようになり、生身の祖父が亡くなる以前から、超自我としての祖父、偶像としての祖父は、もういなくなっていた」。大学で覚えたての知識をせっせと盛り込んで、「解放」の物語を作り出した気配はあるが、それでも本質的な趨勢からそう隔たってはいないだろう。祖父はいつから病床にあったのか。中二の時期のあれこれの場面に、祖父の姿が見える記憶はあるので、それほど長期にわたったわけではなく、長くて半年、おそらく暮れ頃からの三、四ヶ月だろう。いずれにせよ、それはHが中学二年生の間だった。

思春期とは、楽園追放か？

いわゆる思春期というのが、何歳くらいのことなのか、人によって違い、多分、時代によっても違うだろう。現在の子供たちは、昔（少なくともHが中二だった頃）よりは、大分早熟化しているはずだ。かなり前のことだが、NHKテレビの『中学生日記』を何となく観ていたら、中三の男子が、マスターベーションのためにティッシュを何枚も引き出しているところに、父親が入って来て息子に叱られる、という場面があって、驚いた、というより、今昔の感に打たれた。Hの場合、マスターベーションの発見はもっとずっと後、高校に入ってからもさらに大分経っていた、と記憶している。また、仮にそれを行なうとしても、あの頃は、必死に隠すべき「悪事」、およそ人の道に外れた恥ずべき淫らなことをしているという考えが強かったので、父親に堂々と文句を言い、父親もしおらしく謝るなどは、まったく意想外だった。もっとも、この場面、自慰は悪しきことではないと教えようとする、啓蒙的意図があったのかもしれないが。

一概に決めることはできないにしても、思春期という人格的危機、子供から大人へのこの悲痛な脱皮の過程、これが自分の場合は中二の時だった、あるいはむしろ中二の時に劇的に始まった、という了解のようなものが、Hにはあった。その危機、その過程のちょうど真ん中にあるのが、祖父の死と祖父からの「解放」だった。「解放」と言うと、ひたすらポジティヴな色合いを帯びるきらいがあるが、必ずしもそうではなく、Hの場合は、むしろある種の崩壊、転落の様相を帯びていた。あるいは、誰にとっても大なり小なりそうしたものなのかもしれない。子供時代がエデンの園なら、思春期は楽園追放に至る一連の出来事ということになる。

具体的には、一種のモラルの崩壊があったようだ。自分は、人倫に悖ることはなく、常に正しいことを行なう強い人間だ、と概ね自認していたところが、そうではない、つまらぬ、取るに足らぬ好悪の感情に捉われ、正しいと思うことを必ずしも常に行なうことのできない弱い人間だ、という、言わば自己発見が繰り返しなされたような気がする。弱い、というのは、身体的な意味でもある。それまでHは、喧嘩に強いと思っていた。小学校低学年の頃、学校で上級生数人を追いかけている映像の記憶があったことは、すでに書いた（『ある少年H』七五頁）。とはいえ、小学校中学年以降は、喧嘩らしい喧嘩はしていない。唯一、三年か四年の時、クラスで一番強い高木君と喧嘩したことがあるだけだ。その時は必死に噛み付いて、何とか五分に持ち込んだ。

それに身体的に劣った、醜い人間だという自己発見もあった。それまでは、自分の容貌など気にかけることもなかった――子供としては、それなりにいかにも男の子らしい子だったのかもしれない――が、鈍重なデブの肉体と、異性に好まれることの少なそうな顔貌の持ち主であることに、気づくことになる。また、それまでは、一通り勉強のできる頭の良い人間という自己定義を、何とか糊塗して維持してきたのが、ここにきて化けの皮が剥げそうになっていた。小学校の間は、リーダーシップを発揮して、みなをまとめて何かを成し遂げるというような、有能な人間をもって自ら任じていたのが、担当教員の留守の間、クラスを束ねるという委任さえ果たし得ない体たらくとなった。

ニヒリズム、そして文学志望

　そうした失墜の中で、やがてHは一種のニヒリズムに拠り所を求めるようになる。ニヒリズムというのか、悪の肯定というのか、その趣を整理してみると、以下のようになるだろうか。すなわち、およそこの世の道徳は、誰かが社会秩序を維持するために考案し、押し付けたものであって、人間の内発的・自発的要求に基づくものではなく、エゴイズム、利己主義こそが、人間本然のありようの自然な発露であり、善とは虚妄にすぎず、悪こそ人間の真の姿だ。不思議なことに、こんな明解な真理、これに多くの人は気づいておらず、それを知っているのは自分だけだ、という知的優越感のようなものも、それに付随する。

　もちろん、少年が明瞭にこのように考えていたわけではなかろう。あくまでも、彼のもやもやとした思念の錯綜を整理し、単純化したなら、こんな具合だろうか、というにすぎない。これによって彼は、定言命令に従えない己の弱さ、己の至らなさ、己の欠落を、全面的に肯定することができたのである。要するに、自己嫌悪の素材を、密かに自己肯定の手段に変えたわけだ。このような少年にとって、最も有効な救いの道が文学であることは、贅言を費やすまでもない。やがて少年は「文学志望」の少年となっていく。もちろん、祖父の死の直後に、直ちに「文学少年」が出現したわけではないが。

　多少の予備段階を経て、それなりの「文学少年」が十全に出現するのは、高校一年の夏からのようだが、その頃、自分たちでガリ切りをするガリ版刷りの同人雑誌を出し始め、小説を書いて掲載した。大学を早稲田の仏文にしたのも、「文学志望」の故だった。学部に入ると、新たな友人たちと同人雑誌を出したが、やがて二十歳を迎えた頃、「書かなくても生きられるのなら」それに越したことはない、とうそぶいて、「文学志望」生活に終止符を打つ。つまり彼にとって文学とは、おそらく無数の文学少年にとってと同様、それなしには生きられぬ、止むに止まれぬものの、言わば生存の必須の条件だったのだが、一方で辛い努力と鬱陶しい焦燥を強いる苦行でもあった。しかし、それなしに生きられるかどうか試してみたら、案外生きられそうな見通しが得られた。だとしたら、苦行にはおさらばするに如くはない、というわけである。ただもう一歩押し進めると、文学に頼って、文学のために生きる、というのは、生をそれ自体で生きるのではない、ということであるから、「生きること」としては、真正ではなく、不純なやり方だ、ということにもなりかねない。実際そういう気分がなくはなかった、が、それはかなり先の話である。

こうして俯瞰してみると、少年の身に起こったことは、誰の身にも起こる、思春期という大転換期の通常の波乱にすぎないと言えるが、Hはその転換を祖父の死として受け止めた気配がある。つまり、彼にとって、己の生涯は祖父の死の前と後に截然と分かれるのである。子供時代とは祖父の生前のことであり、青春期の悶えや彷徨はすべて祖父の死後に属する、というわけである。それほどHは「お祖父さん子」だったのだろう。世界観、社会観、国家観、歴史認識から、日常の道徳律、行動指針まで、すべてが祖父の影響と薫陶の下にあった。祖父の死は、祖父によって作られ育まれた少年Hという人格を、思春期の始まりという危機の最中に、混沌たる現実世界に放り出したのであり、その中でHは、「文学志望」という生き方を何とか選び取ることになったのである。これが、二十歳の頃までHが心に思い描き、信じていた物語、である。

祖父、雑誌を焼く

この物語を彩るか、これに収まりきらないかはともかく、いくつかの出来事＝エピソードが、意識の水底からフワフワと浮かび上がってくる。まずは、以下のような場面だ。庭に面した日当たりの良い廊下に、祖父とHが座っていた。二人は別々に座って、それぞれ別のことをやっていたようだ。祖父は、日向ぼっこで新聞など読んでいたのだろうか。そこに母がやって来る。桧皮《ひわだ》葺《ぶき》の屋根のついた木戸を開けて、庭に入ってきたのである。買い物から帰ってきたら、廊下にHがいるのに気づいて、取り敢えずこちらにやって来たのだろう。そして、「これを買ってきたわよ」と言いながら、嬉しそうに少年雑誌『少年』——だと思う——を差し出した。「ちょうど出ていたから、欲しいだろうと思って買ったのよ」と。ところが、これを聞くとHはワッと泣き出した。母は余計なことをしたのだ。実はこの雑誌、すでに買って読んでおり、その代金を母からもらおうと思っていた矢先だった。当てが外れ、計算が完全に狂って、泣き出したのだが、泣くほどのことなのか。あるいは、代金を少し割り増ししてせしめようという計算があったのかもしれない。せっかく編み出した「策略」が、気を利かせたつもりの母の「勝手な」思い付きで灰燼に帰したことが、何よりも口惜しかったのだろう。

「あらそうなの、ごめんね」。Hが泣きながら、台無しになった計略を明かすと、母は笑いながら、そう言って宥めようとした。傍で一部始終を見ていた祖父は違った。「それじゃあ、これは要らないんだな」と、雑誌を手に取ってHに訊いた。怒りをじっと堪えていたのだろう。Hが「うん」と認めると、「それじゃあ、これは焼くからな」。そう言って、目の前で雑誌に火を付けたのである。雑誌はメラメラと燃え上がり、地べたに放り出された。その細部——果たしてマッチで火を付けただけでメラメラと燃え上がるものか、何を下に敷いたのか、何も下に敷かずにそのまま焼いたのか、等——には覚えがない。ともかく、このいささか芝居がかった行為で現出したあまりにも劇烈な光景に呆気にとられて、Hは見守る他なかった。これは非常に堪えた。唯々、己の小賢しい卑しさを思い知らされたのである。

これは薫陶者としての祖父の面目が躍如するエピソードで、その意味では、Hの祖父「物語」の重要な一環をなすものだろう。ただ、いつ頃のことなのかまったくわからない。中学生だったとしたら、ずいぶん幼稚ではないか。ただ、前掲の「夜」に包み隠さず暴露されている「ガキンチョ」振りを考えると、中学生でもおかしくないのかもしれない。

十四男叔父さんとトロイ戦争

次に挙げるのは、これほどドラマチックではない。家《うち》にはよく十四男《としお》叔父さんが遊びに来た。彼は母の異母弟で、幼い頃より秀才の誉れ高く、信州上田の近在から上京して、文理大（東京文理科大学、東京教育大学を経て、現在の筑波大学）で日本史を専攻する学生だった。一時、工場の向かいの、戦前キリスト教系の幼稚園をやっていた家に下宿していたこともある。その幼稚園にはHも通園していたが、戦後はどうやら幼稚園は止めて、下宿屋としてその広い家屋を活用していたと思われる。一階の奥には昔の講堂があり、奥に一段高い舞台があり、広い板張りのスペースには今では卓球台が置かれていた。叔父さんたち大学生（卒業してからも住み続けている人もいたようだから、大学生ばかりではなかっただろう）が卓球をやるのを、よく傍で見ていたものだ。美術館に初めて連れて行ってくれたのも、叔父さんだ。確か上野だったから、都美術館で行なわれる日展だったのだろう。東郷青児の縦長の堂々たる裸婦正面像だけは、覚えている。

その十四男叔父さん、家に遊びに来た時は、祖父の話の相手をすることもあったが、祖父はこの日本史の学生が「あまり歴史を知らない」と言っていた。「近頃の学生は……」といった口調だった。無理もない。祖父の知識は、日本神話や講談を中心とした民衆の歴史伝説集であって、戦後の歴史学の学徒というのは、基本的にそうしたもの――出来事史的ないし物語的歴史――とは切れたところから出発していただろう。やれ神武東征*やら、鴻門《こうもん》之会《かい》*やら、髀肉《ひにく》の嘆《たん》*やら、丸橋忠弥*やら、について話を振られても、打てば響くような対応ができなかったとしても無理はない。そんなある日、祖父の前でHは叔父さんにトロイ戦争の話をした。そのしばらく前に、少年雑誌で絵物語仕立てのトロイ戦争物語を読んで感動したばかりだった。パリスの審判から始まって、木馬の計略によるトロイの陥落まで、熱を込めて一通り語ったのだろう。叔父さんがどのように応接したかには、覚えはない。

＊　神武東征は、註をつけるに及ばないだろう。鴻門之会は、いわゆる『漢楚軍談』（むしろ『史記』の「項羽本紀」と言うべきか）の名場面。始皇帝亡きあとの秦を打倒する進軍競争の中で、劉邦が秦の根拠地、関中に一番乗りを果たすが、これに怒った項羽は自陣に来て釈明するよう要求する。項羽は東面して座し、軍師范増《はんぞう》は南面し、劉邦は北面、劉邦の軍師張良は西面する。所定の通り劉邦を殺さない項羽に焦れた范増は、部下に剣舞を舞わせ、隙を見て刺殺するよう命じるが、劉邦に心を寄せる項伯も立ち上がって剣舞を舞い、その切っ先を妨害する。そこに、劉邦の供の樊噲《はんかい》が乱入、激しく項羽に抗議。その豪傑ぶりが気に入った項羽との遣り取りの間に、劉邦は無事退出するを得た。この顛末に、范増は「豎子《じゅし》、ともに謀るに足らず」（豎子とは、小僧っ子の意。項羽を指す）と慨嘆した。

髀肉の嘆は、『三国志』。曹操に敗れて、劉表の許に身を寄せた劉備が、厠から出てくると、このところ馬上で戦いに出ることがなく、髀（内腿）に肉がついてしまったと嘆いた、というあの話。

ご存知丸橋忠弥は、『慶安太平記』（河竹黙阿弥の『樟紀流《くすのきりゅう》花見《はなみ》幕張《まくはり》』）の主人公。幕府転覆を企てる軍学者、由比正雪に一味同心した、宝蔵院流の槍の使い手、丸橋忠弥は、大望を隠すために大酒飲みを装うが、江戸城の堀の深さを測定するために、「ここで三合かしこで五合、ひろい集めて三升あまり……」と、大酒を食らって堀端にやって来る。そこに松平伊豆守（知恵伊豆）が通り掛かり、緊迫した遣り取りが交わされる。

叔父さんは「たじたじとなった」のか？

それからしばらく経って、だか、そのすぐ後、だかわからないが、祖父がその時のことを人に語った。相手が誰だったか、覚えがないが、やはり家人――例えば母――だけに語ったのではなく、誰か来訪者がいたのだろう。ただ日本史の秀才の誉れ高い十四男叔父＊さんのことを多少は知っている人でなければならないだろう。その趣は、我が孫は、歴とした歴史学徒に対して、何やら西洋の歴史について滔々と語った、相手は聴いているうちに「次第に後退りした」というのである。「後退り」という語が実際発せられたかどうか、定かではない。要するに「たじたじとなった」と言いたいわけだが、体がだんだん後ろに下がっていった（座って話していたのだから、実際には難しいだろう）、というような描写をしていたような気がする。

＊　十四男叔父さんの姓名は、横山十四男（一九四五～二〇一九年）。お察しの通り、大正十四年生まれなのでこう名付けられた。彼は百姓一揆の専門家として一家を成し、百姓一揆関係の著書が、三省堂新書や教育社歴史新書も含めて五点ほどある。長らく教育大付属中学の教諭を務めたのち母校（筑波大学）の教授になった。一九八〇年とあるから、五十五歳のときである。

彼の生涯を定義するのは、こうした学者研究者としてのキャリアもさることながら、一九七四年の多摩川水害である。山田太一のドラマ『岸辺のアルバム』の素材となったあの水害だ。多摩川左岸の狛江市で堤防が決壊、住宅十九戸が次々と土台をえぐられて濁流に呑まれていった。この有様はテレビの画面に映し出され、幸福な生活を宿していた瀟洒な郊外住宅が濁流の中に倒れ込む様は、全国民が固唾を呑んで見守るところとなったのである。彼の家もその一つだった。その頃、Hの両親は多摩川の下流の下丸子に住んでいたが、母と妹は多摩川縁《べり》まで様子を見に行ったという。「ピアノが流れて来たのよ。あれ、きっと☆☆子ちゃん（彼の娘）のピアノよ、と話していたの」と、母は言っていた。実は彼は「多摩川の自然を守る会」の事務局長をやっていた。奥さんの里子さんが会長で、活動の中心だったから、婦唱夫随で夫が裏方として妻の活動を支える格好だった。里子さんは、上田の小学校の先生だったようだが、なかなかの切れ者で、会の活動を綴った新書版を出したりしていた。たしか三省堂新書で、十四男さんが『義民』（一九七三年）を同じ新書で出したのと同時だったから、十四男さんの編集者が里子さんの活動に着目したのだろう。水害の直後、彼女は新聞やテレビの取材を受けたが、なかなか見事な対応をしていた。特に当時、多摩川の護岸を全面コンクリートにする提案が国から出されていたのに対して「守る会」は反対し、それが今回の堤防決壊に繋がった、との見解が有力化しそうな雲行きの中で、自然を守るという立場から堂々の論陣を張っていたように記憶している。里子さんはその後早くに亡くなったようだが、十四男さんは、その遺志を継ぐ形で、住民が起こした損害賠償訴訟の中心人物となり、一九九二年の勝訴まで、折に触れてマスコミに取り上げられた。だから彼は、環境運動家として知られている。

要するに祖父は、孫息子の神童振りに感動し、その感動を、多少の潤色を施して語ったのだ。それにしても祖父の「お話」を作る能力、仲々のものと言わざるを得ない。これが何時のことか、これまた判然としないが、トロイ戦争程度で「神童」となるのだから、せいぜい小学校上級辺りだろうと思われる。

これが祖父のHに対する溺愛、ないし過大評価（神童説？）の実例という意味で、Hと祖父の「物語」を派手に彩るエピソードだったとするなら、次のは祖父との間に生じた行き違い、軋轢の例ということになる。

馬上槍試合の種目——ジョスト（joste）

Hは明らかに、中学生になっていた。それも、一年ということはあり得ない。もし祖父の死が、中三になったばかりの四月九日であるという明確な目印がなかったなら、中三の、それもかなり遅い時期、としたところだろう。というのも、高校の世界史の副読本ないし参考書を読んで感動したことが、エピソードの発端なのだから。確か著者は大野真弓だった。誰かとの共著だったかもしれないが。西洋中世の始まりは、もちろん「ゲルマン民族大移動」で、その地図が掲げられ、各民族の移動と消長が叙述されており、やがて封建制が成立する。封建社会を示す挿絵としては、顔をすっぽり包む甲冑を被った騎士が一対一で戦っている場面を描いた銅版画風の絵が掲げられていた。今にして思えば、騎士の一騎打ちなら、馬上槍試合*のほうが象徴として適切だったろうが、どういうわけか二人は徒歩《かち》で、しかも槍で突き合うのでなく、まさに「干戈《かんか》を交える」の意味で、槍を「交えて」いたように記憶している。例の華麗に着飾った馬に跨って、槍を水平に構えて突進し激突する馬上槍試合の絵だと、横に長くなりすぎるのか、日本人には何をしているかわかりづらいと判断したのだろうか。

＊　馬上槍試合（tournoi）の代表的なイメージは、かなりの距離を隔てたスタート地点から急発進した重装備の騎乗の対戦者が、直線の仕切り柵に沿って、一方はこちら側、相手は向こう側を、槍を水平に構えて全速力で疾駆し、すれ違いざま相手を突き落とす、というものだが、実は厳密に言うと、これはトーナメントの一競技たるジョスト（joste）だということである。ジョストは最も人気の種目で、やがてトーナメントそのものと混同されるようになったとのことだから、取り違えも許されるだろう。このジョスト、記憶では一九五四年の映画『炎と剣』の中にその場面が出て来る。この映画、原題は Prince vaillant（勇敢な王子）だが、何とも無意味な、ないし意味不明の邦題を付けたものだ。主役は、当時売り出しのロバート・ワグナーで、ある城持ち大名の息子たる彼は、アーサー王の許に伺候し、やがて円卓の騎士の一員として認められるに至る（確かそうだった）のだが、彼が立てた殊勲は、ブラック卿の陰謀を見破って、卿を成敗したことであった（と思う）。このブラック卿（Sir Brack）、演ずるのはかのジ

ェームス・メイソン。彼がジョストのスタート位置に付いており、合図をすると、上に跳ね上げてあったヘルメットを従者が下す。と同時に、人馬は猛然と走り出す。その合図をする時の彼の顔には覚えがあるが、その他のこと――相手が誰で、勝ったのか負けたのか、もしかして相手はロバート・ワグナー演ずる勇敢な王子で、結局この試合に彼は敗れるのか――は一切覚えていない。

これは虚構の中でのジョストだが、ジョストはまた、歴史上の大事件にも関わっている。フランス国王アンリ二世が、この試合で右目を突かれる大怪我をし、それが元で十日後（一五五九年七月十日）に崩御した、あの事件である。アンリ二世は、フランス・ルネッサンスを育成した輝かしき君主、フランソワ一世の次男、妻は、これまたルネッサンスの花の都フィレンツェの支配者、メディチ家から輿入れしたカトリーヌ・ド・メディシス、そして愛妾が、フランス近世史随一の絶世の美女、例のシュノンソー城の主、ディアーヌ・ド・ポワチエである。彼女について書き出したら切りがないから、割愛。

この事件はまた、フランス恋愛心理小説の古典的傑作、ラ・ファイエット夫人の『クレーヴの奥方』にも描かれている。スペイン国王フェリペ二世に嫁入りするアンリ二世の王女エリザベートの結婚を祝う壮行事の一環として、馬上槍試合が行なわれ、名手の誉れ高いアンリ二世も出場したが、競技が一通り終わった時に、王がいきなり「さらにもう一試合」と言い出して、同じく手練のモンゴメリー伯に相手を無理強いし、その結果、相手の槍の破片が目に突き刺さって落馬する仕儀となった。国王は意識を失うことはなかったが、名医たちがあらゆる手を尽くした甲斐もなく身罷った。己の運命をしっかと自覚しながら。

ここには、ヴァランチノア夫人という名で、ディアーヌ・ド・ポワチエも登場する。というよりは、この小説は冒頭から、彼女に言及しており、アンリ二世の不慮の死の後、彼女とその勢力が一掃されたことも、静かに報告する。この小説は、単なる恋愛小説ではなく、言わば「アンリ二世治世の年代記」とも言うべき壮大なスケールの大作であり、フランス宮廷の綺羅星の如き貴顕たちの蠢動だけでなく、英国女王エリザベスの花婿探しとか、最強の権勢を誇るイスパニアのフェリペ二世の縁談とか、ヨーロッパの国際関係にまで関わるエピソードが次々に出て来て、応接に暇がない。そしてその中を縫って、当代随一の美丈夫ヌムール公のやや強引な恋の仕掛け（何しろ、思い余った奥方の夫への嘘偽りない告白を、立ち聞きするのだから）と、ヌムール公への恋心を募らせていく、貞淑なクレーヴの奥方の懊悩が進行し、ついに彼女は、己のヌムール公への恋心を夫に打ち明けるに至る。夫への信頼と己の貞潔の証として。これが「恋の話」のクライマックスだとすると、その背後で次第に盛り上がりつつあったイスパニア国王とフランス王女との婚儀も、アンリ二世の大怪我というクライマックスに達し、やがてその崩御へと収束していく。

実は、これを映画化した映画（一九六一年）がある。監督はジャン・ドラノワ、奥方はマリナ・ヴラディ、その夫クレーヴ公はジャン・マレー、そして、何とシナリオがジャン・コクトーだ。さすがにコクトー、十六世紀のフランス宮廷模様を、時には原作に拘らず華麗に描き上げている。中でも国王崩御の場は特筆すべきだろう。国王の寝室は中二階で、窓を隔てて階下の広間を見下ろすことができる。国王のご臨終を侍医が宣言すると、侍従が静かに窓辺に寄り、手に掲げたランプをゆっくりと回す。すると広間から、Le roi est mort, vive le roi（国王は死んだ。国王万歳）という叫び声が起こるのである。実は vive le roi とは、「国王が生きんことを」という意味で、要するに、国王が死んだその瞬間に、新たな国王が生き始めることを願うのであり、フランス王国では、国王は一瞬の切れ目もなく、生き続けることを表明しているわけである。フランス王国の王統の連続性を主張するこの文言は、いつの頃からか、国王崩御の際に唱えられていたということは、フランス史の「常識」であったが、それがかくも見事に映像化されていると、自分がまるで歴史の重要な場面に居合わせているかのような、実体験の感覚に恍惚となる。

もう一つ、jeu de paume（要するにテニス）の場面もある。屋内球技場で、ボールは壁に跳ね返らせて打ち返すこともでき、両側が観客席になっているため、観客はいずれもラケットのようなものを手にして、飛んで来た球から顔を護らなければならない。

国王崩御と決まると、皇后カトリーヌ・ド・メディシスは、「あなたが先にお歩きになるべきですよ」と言って、新皇后メアリー・スチュアートに先を譲った。映画では、カトリーヌが堂々と礼節を示そうとしたように描かれているが、小説では、必ずしもそうではない。また、ヴァランチノア夫人（ディアーヌ・ド・ポワチエ）が、病床の国王の見舞いさえ許されなかったことなど、早くも始まった『復讐』がきちんと描かれている。

この映画、物の本によると、日本での上映は一九八八年で、ＤＶＤは未発売だが、東京日仏学院が英語字幕付きの一六ミリプリントを所蔵しているとのこと、確か授業でも使った覚えがあるので、この英語版だったのだろう。追い追い「真相究明」を行なうつもりではある。

「中学生にもなって……」

要するにＨは、初めて目にした西洋中世史に夢中になってしまった。小四の頃、隣の小学校の図書館で中世史は読んでいたはずだが、その時は印象が薄かったのだろうか。夢中になるとどうするか。彼の場合は「書く」というのがある。そこで、民族大移動に始まって封建制の成立あたりまでを、「書いた」。「書き写した」わけではないが、実質はほぼそういうことだろう。民族大移動の地図やら、例の騎士の一騎打ちの絵やらも含めて、ノートブックかレポート用紙（確かもう存在していた）に書き込んだのである。そして、得意満面で祖父にそれを見せに行った。神童としての称賛を大いに当て込んで見せたところ、何といきなり激しい叱責で報いられることになったのである。「中学生にもなって」もしくは「中学二年にもなって」まだ「爆弾トミー」か、というのだ。「爆弾トミー*」というのは、当時愛読していた漫画西部劇で、実はタイトルも怪しい。祖父は、孫が相変わらずその手のものを夢中になって描いているのだと誤解したわけだが、モノを見さえすれば、ほとんどが文字の連なりであることに、気がついたはずだ。あるいは、紙を一枚使って表紙をつけたのが、誤解の元だったたか。

＊「爆弾トミー」は、杉浦茂の『弾丸トミー』の誤りらしいということが教え子のご指摘で判明した。

これは、明らかに不当な仕打ちだった。Hは、憮然として引き下がるの他はなかった。これまでにない傷心の出来事だった。それにしてもなぜ、そのような不当な挙に出たのだろうか。祖父はおそらく、その頃には臥せりがちになっていたのだろう。体調が良いときには、寝間着とどてらで起き出し、座って読み物などをしたり、茶の間で食事をしたりしていたが、蒲団は敷きっぱなしになっていた。このときに祖父が臥せっていたかどうか、は詳らかにしないが……。そんな中で、甘やかして育てた孫息子のことを思ってかすかな後悔の念が掠める、というようなことがなかったとは言い切れない。折悪しくそんなところに、能天気な乗りで孫息子が手柄を見せつけに行った、ということだったたか。それは考えすぎで、たまたま機嫌が悪かっただけ、なのかもしれない。

ただ、不当な仕打ちであり、かつてなく理不尽な傷心だったことは、間違いない。それが、Hの祖父に対する敬意と愛着を大いに毀損し、それが次の事件に繋がる、と考えたとしたら、いささか「お話」がすぎるだろう。

鉛筆の削りかす事件

祖父は床に入って寝込んでいた。Hは隣にある自分の部屋で友達と話をしていたが、間仕切りの襖は開けてあったから、実質的には同じ部屋にいたことになる。友達は、寿司屋のやっちゃんだった。少年二人は楽しそうに話をしていたのだろう。そこに祖父の声が届いた。「何か口に入れておくれよ」。彼らは何かを食べていたわけではない。お茶など、飲み物を飲んでもいなかった。その旨をはっきり伝えれば良かったのかも知れない。「何かって、何を?」「何でもいいからさ、口に入れておくれ」。祖父のこの言い方に、責任を負わせることなどできるだろうか。祖父とHは、知らず知らずに危険な罠に嵌り込もうとしていたかのようだった。Hはやっちゃんと目配せを交わした。いたずらの着想が天から飛来したかのように、立ち上がって祖父のところまで行き、その口に「何か」を入れた。

神よ、こんなことまで書いてもいいものでしょうか。

たちまち異変を感じた祖父が、「何だこれは?」「鉛筆の削りかすだよ」とHは素直に答えた。その途端、祖父はガバッと跳ね起きて、Hに襲いかかってきた。Hは慌てて階段を駆け下りた。母が飛び出してきて必死に祖父にしがみついた。あるいは、祖父の寝る八畳間の外にある物干し台に居合わせたのかもしれない。そのおかげで首尾よく逃げ延びることができた、のか?

この事件をこうして述べるのは、そうそう心安らかなことではない。理屈からすれば、「何か口に入れてくれ」というのだから、手近にあった何かを入れた、ということなのだが、これではいかにも、「猫が魚を持ってかないよう、よく見ているんだぞ」と言われて、持っていくのを「よく見ていた」落語の与太郎ではないか。小学校に入りたてのやんちゃ坊主ならともかく、もう中二になっていたはずだ。

こんな仕打ちを子供（子孫）から受ける、という場面で思い浮かぶのは、フェリーニの『アマルコルド』（一九七三年）の一場面である。文学作品では、『暗夜行路』の冒頭の「序詞」で語られる、父親との相撲で次第に双方とも熱が入って収まりがつかなくなり、ついに父が息子を縛り上げてしまう、という場面があるが、あれは冷たい父から受けた不当な仕打ちの例だろう。『アマルコルド』は、フェデリコ・フエリーニの少年時代の思い出を綴ったものだが、教師（もしかしたら校長？）をしていた父親が、地元のファシスト党の幹部から、迫害を受けるという事件があった。おそらく社会主義者、もしかしたら共産主義者だったかもしれない。ただフェリーニは一九二〇年生まれで、この場面では柄の大きな少年となっているから、日本流で言えば、優に中学生になっていたはずで、だとすると、それは一九三三〜三五年のこととなる。一九二三年に政権を取ったファシスト政権は、当初から共産党を徹底的に弾圧したはずだから、共産主義者がまだいたということは考えにくいから、やはり社会主義者だったのだろう。拷問に近い目にあって帰宅した父は、精神的にも参っていて、水を張った大きな金だらいに尾羽打ち枯らしたという風情でへたり込むようにして座り、母がたらいの水をタオルですくい上げて体を静かに洗ってやっていた。ところどころ出血もして、泥で汚れており、おそらく泣いていた。と、そこに息子が入ってきて、その光景を目にする。一瞬、ポカンとしたが、次の瞬間、ゲタゲタ笑いだしたのだ。

子供には、父の事情はわからない。どんな悲痛に苛まれているのか。それよりも、目の前の光景の滑稽さ、日頃の威厳は跡形もなく、初老の太り肉の肉体を裸で晒すその無様さ、それに素直に馬鹿笑いで反応したのだ。相手への思いやり、忖度、惻隠の情、子供はそういうものを、仲間内と認められる者には発動するだろうが、そうでない者には直ちに発動することはない。仲間内とは、そういうものを発動する相互了解が成立しているサークルに他ならない――ということなのだろうか。息子に馬鹿笑いされた父親は、さすがに激昂し、裸のまま跳ね起きて、息子を捕まえようとした、ところまでは覚えているが、その顛末については覚えがない。

あのフェリーニが、少年時代にこんな体たらくだったということは、しかしHにとって何の言い訳にもならない。それにフェデリコ少年は、父親に何らかのいたずらを仕掛けたわけではない。ところがHは、このいたずらについて、特に叱責されたり、謝罪させられた覚えがないのだ。覚えているのは、「気がついたら、お祖父さんが飛び起きて、この子に殴りかかろうとしてるでしょ。夢中で止めたのよ」と語る母の言葉だ。それはむしろ、愛する息子を突然の災難から身を挺して救った母親の物語なのである。そしてこの一件は、Hを主人公とする家内伝説の一コマとして、語り伝えられることになる。例によって早々と、向島*のほうにも伝わって、一同を大笑いさせたのだろう。「本当に、笑っちゃうわよね」と。

＊　向島は、前にも書いた通り、母の母親や姉と妹が住んでいる墨田区押上を指す親戚内の通

称だった（『ある少年H』一六三頁を参照）。

愛する孫の邪気のないいたずらに……

実は、H自身が、永らく忘れていたこの事件を思い出したのは、妻が娘婿に対してこの話をしたからなのだ。もちろんその場には、娘もいたし、まだほんの幼児だった孫息子もいたと思う。「お祖父ちゃん」が子供の頃にやらかした、とんでもないいたずらという調子で、「鉛筆の削りかすを入れたのよ」と語った。「どうお、呆れるでしょ?」といった、共犯的な笑いへの期待を、余韻に滲ませつつ。「それはひどいですね」と娘婿は言った。特にニュアンスのない、乾いた、中立的な、単に「ひどいものを、ひどいと言った」までという口調だった。この話で、Hの年齢は曖昧のままだった。せいぜい「子供の頃」くらいの限定がなされていただけだろう。しかし娘婿は、そんなことに頓着せず、「ひどいですね」と言い切ったのだ。娘婿、特段優秀な男とも思えないが、まずは実直な働き者と言うべきだろう。鹿のことを、忖度なく鹿と言う、*そういう男だ。この言葉は、Hの心にグサリと突き刺さった。Hは改めて娘婿を見直し、己の非を痛感した。

＊ 鹿を鹿と言う、というのは、指鹿為馬（しかをさしてうまとなす）という故事から。バカを「馬鹿」と書く謂れとなったと言われるこの故事、話を聞けば、誰もが知っている話だとおわかりになるだろう。

可愛い孫が、祖父の背中によじ登り、顔のあちこちに手を伸ばして、掴んだり引っ張ったりしながら、肩から頭の上に登りつめようとするのを、客がたしなめたりすると、「いや、いいんですよ」と遮って、孫の好き放題にさせていた、とは、祖父がよく語った話だった。それほど孫が可愛かったのだ。「焼け野の雉《きぎす》、夜の鶴」も、祖父から繰り返し解説を受けたことわざだ。祖父はむしろこのことわざを、特に母親の愛を語るものと解説していた。こうして祖父は、人倫のいくつもの箇条を教えたが、唯一、孫たるもの祖父を敬うべし、との徳目を教えることはなかった。鉄面皮ではなかったのだ。

通常それは、家族の他の成員が担当すべき役割だったろう。最もその任に相応しいはずの、妻たる祖母は、家内で何らかの使命を負おうとする心掛けなど爪の垢ほども持ち合わせぬ体《てい》で、家の中の自由人として、孫息子とも一種「タメ口」の関係にあった。この気楽な老女から、Hは教訓めいた、説教めいた話を聞いた覚えはない。息子たる父親は、祖父の存命中は、息子の教育を父たる祖父と妻たる母に委ねていたようで、特に己が父たる祖父への敬意を息子の中に育むような言動を取らなかった。今更そんな必要はあるまいと思ったのだろう。母はむしろ、祖父の言動には「嫌んなっちゃう」ことの方が多く、その愚痴を遠慮なく漏らした。

かくして祖父は、愛する孫の邪気のないいたずらに虚仮にされて終わった。孤立無援の中、無念を押し殺すことにしたのだろう。祖父としての寛仁大度であり、要するに愛だったのだろう。孫にあっちゃ、敵わない。

この事件から祖父の死まで、どれくらいあったのだろうか。いずれにせよ、「間もなく」、つまり、長くて半年、短ければ二、三ヶ月だっただろう。死の瞬間は人知れず訪れ、祖父は独り旅立った。念頭に去来する無数の思いの渦に飲み込まれながら。旅立った者が後に残された者たちのそれぞれの思いを受け止めるのは、遺骸となって横たわってからだ。祖父が愛した孫息子は、葬式という非日常にすっかり有頂天になっていた。

二　友達のいる情景

これまでこの回想録には、ガラス屋のヤスオミちゃん（『ある少年H』一五二、一九七頁）や寿司屋のやっちゃん（同九七〜九八頁）が、「実名登場」しているし、中学に入ってからの友達の名も二、三挙がっているが、もちろん他にも、しかもより重要な友達は大勢いた。

学校以前の友達としては、例えば他に宮沢君がいた。「学校以前の友達」と言っても、小学校入学より前に知り合ったかどうか、必ずしも確かではない。ただ、隣近所に住んでいて、Hの家を中心としたご近所の範囲内で一緒に遊んだ友達、ということである。だから、むしろ「学校外の友達」と言うべきだろうか。当然、Hの家にはしょっちゅう上がりこんでいたが、逆にHが彼らの家に上がることはなかった。Hの家が、そういう家だったからだ（「人の出入りの多い家」、『ある少年H』五九〜六二頁）。

地下要塞計画

例えば「地下要塞計画」がある。家の住宅部分と工場部分との間の空間、「中庭」と呼べば聞こえは良いが、別に草木や花があるわけでなく、物置のようにいろんな物が積み重ねられたり立て掛けられたりしていたその空間に、ある時、穴を掘り始めた。秘密基地たる地下要塞を作ろうとしたのだ。幸い、掘ろうとすれば掘れる土の地面が、その片隅にあった。まずは一辺一メートル弱ほどの正方の地表を掘削対象として、注意深く階段の形を掘り残しながら、どうだろう、深さ一メートル弱ほどは掘り進んだだろうか。そこで作業は終わった。階段が二段まで成形され、穴の底が三段目の踏み面となるべきものと同じレベルに達した。それ以上掘り進むには、入り口をもう少し広げなければ、足場が確保されないことが、明らかだった。地下要塞を作る作業が、いかに途方もないものかが、そこまで来て、ようやく実感されたのだろう。それにしても、一辺一メートル弱として、最深部が階段の三段目の踏み面のレベルに達したとなると、かなりの量の残土が出たはずだが、それをどう処分したのだろうか、とんと覚えがない。それにこれがいつのことなのか、についても覚えがないのだ。もしかすると、結構大きくなってから、小学校中学年の頃かもしれない。学校の枠外のこうした出来事は、メンバーもいつまでも同じなので、「時代測定」が難しいのである。

それにしても、本当のことだったのだろうか、この企ては。一辺一メートル弱とすれば、畳半畳分はある。結構大きな平面だ。それを、深さ一メートル弱まで掘り下げたとは。今となっては、とても信じられないが、ただ今でも、掘り始めた穴のイメージは、結構鮮明に思い出す。しかしそのサイズについては、何とも確証はないのである。まあ、子供のことだから、話半分くらいに受け止めておこうか。

宮沢君は、この地下要塞計画には参加していなかった、と思う。彼は学年が一つ上で、表通り（中原街道）に面して居を構えるテイラーの息子だった。「居を構える」と書いたのは、洋服店のような店構えではなかったからだ。つまり、ショーウィンドーもなく、服を着たマネキンが立っていたり、多様な生地が並んでいたりすることもなく、要するに「店」らしい構えのない、普通の住宅のような構えだった気がする。もっとも、意識して観察したわけではないのだが……。要するに、彼の父親は仕立て屋で、例の妹尾河童の『少年H』の父親のように、*注文主のところに出向いて採寸し、カタログから生地を選んでもらって、オーダーメイドの服を仕立てていたのだろう。そもそも仕立て屋という職業のあり方は、こういうものだったのではなかろうか。だから店も、あまり「店」らしくないのが普通だったのかもしれない。

＊ その店は「『高級紳士服仕立　妹尾洋服店』という縦長の大きい看板を二階の軒からぶらさげていたこともあったが、……バス通りに面した普通の民家で、住まいと一緒の小さな店であった」とある（『少年H 上巻』七頁）。

宮沢君――ご近所の貸し借り

宮沢君は、スポーツに秀でていて（もっともHに較べれば、普通の人間はみなスポーツ・マンになってしまう）、野球のチームを編成して、Hを投手に仕立ててくれた。「本当は、キャッチャーがいいんだけれどね」と言ったのは彼だった（『ある少年H』六〇頁）。相撲も強く（Hに較べて）、近くの空き地でよく相撲を取ったが、Hが「怒涛の寄り」で力攻めしても、軽く足を掛けられて投げ倒されてしまった。悔しさのあまり何度も挑んで、そのつど投げられた記憶がある。これまで彼のことを「宮沢君」と書いてきたが、もちろん「宮沢君」と呼んでいたわけではない。ファースト・ネームに「ちゃん」を付けて呼んでいたはずで、たしかサダタカと言ったと思うが、やや不確かなため、「宮沢君」で通すことにしよう。

彼は真面目な家庭の少年らしく、父親の影響を素直に吸収していたようで、発言の随所にそれが窺われた。例えば「僕はお世辞が嫌いだ」と、きっぱり言ったことがある。決然たる信条吐露のその口調は、いかにも大人びており、父親の口癖を忠実に模写している感があった。また、旗の台まで行く途中にある薄汚い中華そば屋を大いに推奨しており、そこの出汁は何と何をどうとかする本格的なものだと、説明してくれた。実際に二人でそこに入って食べたかどうか、これまた確たる記憶はない。

もう一つ、大した話ではないが、彼の母親が家《うち》にやって来て、母に何やら頼みごとをしたことがある。借金を申し込んだ、というのだ*。「子供が世話になっている」ことでもあり、貸してやったとのこと。これには軽い衝撃があった。違和感、と言ったらいいのだろうか。子供同士の関係に、大人の生臭い世界が顔を出したような気分だった。無邪気な子供の世界が、実はどんなものに庇護されて成立しているのか、を垣間見た、ということだったろうか。

＊　ご近所に金を借りるというのは、当時ではよくある話だった。ここ半世紀ほどの豊かな先進国日本では、銀行の通帳には常に多少の金額が入れてあって、いわゆる公共料金の支払いも自動的引き落としで行われ、多少の赤字も、付随する定期預金を担保として、自動的に補填されるわけだが、戦後復興期は、まだ多くの市民がそれなりの預金を持つにはほど遠かった。戦後復興期だけでなく、おそらく戦前も同様だったろう。人々は稼いだ手持ちの現金で生活し、その現金がなくなれば、人から借りなければならなかった。大口の借金は親戚に頼み込むとしても、小口の、ほんの数日期限の借金はご近所にお願いすることも多かった、と思われる。

金だけでなく、物の貸し借りもよく行なわれた。一番わかりやすいのは、アパートの隣同士で、醤油や砂糖や酒などを貸し借りした例である。これは、小津の映画によく出てくる場面で、例えば『東京物語』では、原節子扮する息子の嫁のアパートに、舅たる笠智衆が立ち寄った時、原節子は、お隣に酒を借りに行き、半分ほど酒の入った一升瓶を借り出してきて、それでお燗をつける。後日その分をお返しするのだが、酒一合だけ返すわけでもないだろう。その他の貸し借りを総合して、適切なお返しが行なわれたと考えられる。たしか『秋刀魚の味』でも、やはりアパートに住む若い夫婦（佐田啓二と岡田茉莉子扮する）の妻は、隣に醤油を少し借りに行ったりしていた。お互い貧しいことを前提とした、庶民の飾らぬ、合理的な相互扶助ということになろう。金の貸し借りも含めて、もしかしたらそれは、近代以前の都市細民、つまり長屋の人々の隣近所関係の有り様を引き継いでいる、と言えるかもしれない。しかし、高度経済成長といわゆる「持ち家」政策によって実現した、一億総中流という名の経済的個人主義の中で、このシステムは決定的に衰退してしまったようである。

格さん――フェンシング風チャンバラごっこ

他に、格《かく》さんがいた。学年では一年下で、N……格《いたる》という名だったが、「格さん」と呼ばれたのは、水戸黄門の助さん格さんのせいである。格《かく》という名の人間は、やはり「格さん」と呼ぶのが座りがよく、格ちゃん、格君では落ち着かない。かくして彼は、年下にもかかわらず、何やら敬意の印たる「さん」付けで呼ばれていたわけである。もっとも、大人（例えばHの母親）は「格ちゃん」と呼んでいたものだが。

彼こそは、竹馬の友の名に相応しい友達だが、いつ頃からHの家に来るようになったのか、よくわからない。というのも、彼の家はご近所ではなく、かなり遠かったようなのだが、その頃はそんなことは意識されなかった。後年、高校生の頃、一度だけ彼の家（おそらく一間だけの借間*）を覗いたことがあるが、果たしてずいぶん遠くだったんだな、と思ったものだった（と言っても、せいぜい徒歩十分程度）。

＊ 戦後の居住条件は、いまさら言うまでもなく劣悪で、六畳一間の借間に一家四人、というのもざらで、六人ということもあった。起きて半畳寝て一畳、というわけだ。これは、「戦後の」というわけではなく、古来からの居住条件、特に大都市庶民階層のそれでもあったろう。

ただし戦争末期からは、爆撃で膨大な家屋が破壊されたため、居住条件は、空前絶後の劣悪・狭隘に転落した。言わば「緊急避難所」的なレベルにあった。それは徐々に改善されただろうが、GNPが戦前の水準を越えた一九五五年頃（「終戦直後」の終了）には、少なくとも「緊急避難所」的な住居はなくなった、と考えてよいのだろうか。ただ、六畳一間に狭い台所空間が付いたアパートの一室に家族四人、といった例は、まだまだたくさんあったような気がする。

彼はほとんど毎日、家《うち》に遊びに来た。だから、先ほどの地下要塞計画にも参画していたし、野球や相撲や、Hがやるあらゆる遊びに加わっていた。メンコとかべーゴマのような定番の遊びも、もちろんやることはあったが、どちらもHはヘタッピーだったから、勢い仲間たちも遠慮してしまい、あまりやらないようになっていた。逆によくやったのは、チャンバラごっこだ。ちなみに、当時のGHQ統治下の日本では、チャンバラ映画は禁止されていたから*、少年たちは、映画で日本風の剣戟（チャンバラ）を目にすることは少なかったが、それでもチャンバラごっこは盛んだったと思う。Hがよくやったのは、ゴム動力の模型飛行機の胴体に使うヒノキ棒を剣にするものだった。できれば、握る部分の上部に横木を括り付けて、鍔にしたいところなのだが、面倒なので、剣を握った手に手拭い（タオルなどというものは、まだなかった）を巻き付けたりした。これだと、剣を片手で操る形になるので、日本刀での剣戟ではなく、フェンシング風の西洋剣戟となった。当時は、『ドン・フアンの冒険』（一九四九年）など、エロール・フリンの全盛期で、これに影響されたものと考えられるが、ただ、H以外の少年たちは、西洋剣戟の映画など観たことはなかっただろうから、もしかすると、これはHのグループだけのスタイルだったのかもしれない。

＊　ＧＨＱによるチャンバラ映画の禁止令と言われるのは、一九四五年十一月にＧＨＱの民間情報教育局（CIE・Civil Information and Education Section）が策定した十三カ条の映画製作禁止条項であろう。これは、映画だけでなく、演劇、紙芝居、幻燈といった「絵画的メディア」（Pictorial media）全般を対象として、軍国主義・国家主義を助長する文化的顕現を徹底的に禁止しようとするものであったが、特に、軍国主義の主たる基盤をなしたと考えられた日本の封建的伝統（主従関係、仇討、など）を標的とする、以下の条項が目につく――二　仇討に関するもの、七　封建的忠誠心または生命の軽視を好ましきこと又は名誉あることとしたもの、八　直接間接を問わず自殺を是認したもの。この八項は、七項の後半とともに、自死を前提とした特攻隊攻撃やバンザイ突撃（Banzai attack, Banzai charge）を生み出した死生観ないし生命軽視にメスを入れようとしていたことが、読み取れる。

これらの条項が集中的に当てはまるのが、『忠臣蔵』ものであった。『忠臣蔵』ものは、封建的忠誠心、仇討、自殺ないし生命軽視の称揚というすべての要件を見事に満たしていた。禁止条項の策定者にとって、『忠臣蔵』ものが、禁止すべきもののモデルとなっていたことが考えられる。ただ、歌舞伎の『仮名手本忠臣蔵』については、ＧＨＱ内のプレス・映画・放送課（ＰＰＢ：Press, Pictorial and Broad-casting Division）の演劇顧問官、フォービアン・バワーズ

(Faubion Bowers)が、「現代人に対して影響力を持ち得ない古典芸能であり、保存すべきもの」と主張し、解禁を実現させた。しかしそれ以外の『忠臣蔵』ものは、禁止対象とされ続けた(谷川健司「『忠臣蔵』を通じてみる、占領した者とされた者のメンタリティ」、二〇世紀メディア研究所での発表、による)。

この禁止で、時代劇の大スターは対応に苦慮することになるが、例えば片岡千恵蔵は、この間、多羅尾坂内シリーズや金田一耕助シリーズを生み出して、新境地を開拓した。阪妻もこの間に、『王将』(一九四八年)や『破れ太鼓』(一九四九年)といった名作を撮っている。大河内傳次郎が例の滝川事件の滝川幸辰をモデルとした京大教授を演ずる、黒澤明の戦後第一作『わが青春に悔いなし』(一九四九年)も、この系譜に加えることができよう(ただし、大河内は戦中から、戦争ものなどの現代劇に出演しており、その延長と捉えることもできる)。

廁(便所)の小窓がガラッと開いた

ある時など、家にあった剣道の面を引っ張り出してきて、「痛くねえさん」と称して頭に被ったこともある。その時は確か、誰かが竹刀を持ち出した。誰彼構わず竹刀で殴られたらたまらないので、竹刀は面を付けている者を殴るだけ、と定めたが、竹刀でもろに打たれると、「痛くねえさん」というわけにはいかなかった。そこで工場の前の道路で、片や「痛くねえさん」組、こなた竹刀組で、両軍相見《まみ》えるわけだが、竹刀には他の者を攻撃する権利がないので、「痛くねえさん」がひたすら竹刀の攻撃に耐えている間に、竹刀の配下の者たちを制圧してしまえば、それで勝負あった、となるはずだったが、果してどうなったか、明瞭な記憶はない。結局は、無統制な乱戦の末に、勝敗も決しないまま、「自然停戦」に至ったようだ。

そんな場面に、彼は必ずいた。一つだけ彼の仕業として明確に覚えているのは、トイレにまつわるちょっとしたいたずらである。周知のとおり、昔の汲み取り式の厠（便所）は、排泄した糞尿はそのまま便器の下に埋め込んだ肥壺（便槽）に落ちて、そこに溜まるというものだった。だから例えば『坊ちゃん』の主人公の少年は、彼を愛する下女の清《きよ》からもらった小遣いの入った蝦蟇口を、便器の下に落としてしまう。そのことを清に言うと、この老女は竹の棒を突っ込んで、肥壺に落ちた蝦蟇口を見事拾い上げるのである。厠はたいていは家の裏手に設えられたが、その外側の地面には、汲み取り口というものがあり、定期的に汲み取り車《ヴァキュームカー》＊がやって来て、汲み取り口の蓋を開けて、ぶっといホースを肥壺に突っ込んで、溜まった屎尿を吸い上げた。厠の上の方には窓が付いていたが、もう一つ、足元の床のレベルに横に細長い小窓が穿たれており、その機能は、掃除で埃を掃き出すのと、臭いを外に放出することだったろう。厠の外には決まってイチジクの木などが立っており、汲み取り口の周りにはドクダミが生えている、というのが、通り相場だった。

＊　汲み取り車《ヴァキュームカー》は、一九五一年に川崎市が開発・導入。以後、急速に普及したが、一九八〇年代以降、水洗トイレの普及により急速に姿を消した。

ところが、Hの家は、門や玄関や庭が西側にあり、東に向いた裏手が工場になるため、厠は北側の狭い通路に面していた。つまり、家の表側と工場側を行き来するには、厠の前を通らなければならなかったのだ。だから、少年たちはしょっちゅう厠の外側を走り回っていたのである。そんなある日、Hは厠に行った。そこに行ってくると、仲間に伝えたことだろう。そして用を足していると、突然、下の小窓がガラッと開いたのだ。通風のために少し開いていたのだが、外から指をかけて、片側一杯開け放ったのである。同時に、ゲタゲタと笑う声が複数個聞こえた。一つが格の声であることは、すぐわかった。そういえば、その直前、外でひそひそ声のやり取りが聞こえたような気がしたものだ。「やっちゃえ、やっちゃえ」と誰かがけしかけたのだろう。

もちろんすぐに厠を飛び出して、犯人を追及したのは言うまでもないが、その一部始終には記憶がない。ただ格が一味であることは、きちんと覚えている。もちろん、その手のいたずらや揶揄いは、目くじら立てるほどのことではない。何しろちょうど子供の腰の高さ辺りに、その窓はあったから、開けたいという無邪気な欲求を刺戟するに決まっていた。しかしいくら悪ガキでも、人の家の厠の下の小窓を開けるなんてことはできなかった。万が一、人が入っていたら大変なことになるし、公然猥褻行為になりかねない。ただその時は、Hが入っていることが確実だったので、安心していたずらすることができたのだ。

汚穢屋《おわいや》をめぐる考察

それにしても、わが家の汲み取りは、どのようになっていたのだろうか。というのも、先ほど「定期的に汲み取り車がやって来て」と書いたものの、考えてみると、表通り（中原街道）から門までの小路は、かなり狭く、汲み取り車がバックで入って来るにはギリギリだったたし、裏の工場側からホースを入れるとしたら、恐ろしく長いホースでなければならない……などと自問しているうちに、待てよ、あの頃汲み取り車はあったっけ、と思い至った。そうだ、あの頃はまだ汲み取り車《ヴァキュームカー》はなかった。だとすると、いわゆる汚穢屋《おわいや》＊が汲み取りに来ていたのだ。それなら、狭い小路にも入り込めるし、厠の外の幅一間あるかなきかの通路にも、難なく入って来れる。汲み取り車が定期的にやって来た、と誤認したのは、一九七〇年代に東京圏郊外の現住所に移転した時、すぐ近くにあった公営の一戸建て住宅団地がまだ汲み取り式で、その汲み取り口が、けっこう人通りの多い通りに面しており、現に青い汲み取り車が作業をしているのを、何度か目にしたことがあったからだろう。

＊　汚穢屋《おわいや》というのは、家の肥壺に溜まった糞尿を汲み出してくれる者（汲み取り人）のことで、天秤棒の左右にぶら下げた肥桶が満タンになると、近くに止めてある荷車（肥車）に積む。一台に肥桶五、六本、これを人力で引いていくのである。彼らは都市近在の農民で、糞尿（下肥）は主たる肥料であったから、これは彼らにとって肥料入手の活動だったのである。例えば新宿、四ツ谷ならば、高井戸、烏山からの農民が主だった。どの家で汲み取らせてもらう

かは、馴染みの関係で縄張りのようにかなり決まっていたが、必ずしも固定されておらず、肥桶が満タンにならない時は、横丁を「オワイオワイ」と呼び歩くと、汲み取り人が来なくて困っていた家から、声がかかることもあった。神代、調布、多摩、稲城などから来る者は、高井戸、烏山の者より早く出動して、新宿、四ツ谷の奥の方まで足を伸ばさなければならない。汲み取りをさせてもらうと、自家の収穫物などで対価を支払っていたが、大正の頃から、化学肥料の普及と都市人口の急増によって、逆に汲み取ってもらう方が「汲み取り料」を支払うようになった、という。（礫川全次『厠と排泄の民俗学』批評社、二〇〇三年、一二～一五頁）

以上の記述は、大正年間のことで、高井戸、烏山など、今日最も高級な郊外住宅地となっている地域が、一世紀前にはこういう農村であったと考えると、感慨一入であるが、これは東京市近在の農村すべてに該当することであったろう。これで一つ念頭に浮かぶ個人的思い出は、在職していた大学の年上の同僚が、定年退職に当たって行なった教授会での挨拶である。彼は昭和十年頃の生まれで、親戚が青山界隈にいて、よく遊びに来たものだが、その頃はまだ青山通りを、肥桶を積んだ荷車が通っていた、と述べたのである。彼が少年の頃だから、終戦直後のことだったろう。

もう一つ思い出すのは、三島由紀夫の『仮面の告白』である。これはすでに前編で書いたことだが（『ある少年H』一二八頁）、主人公が五歳の時に、「地下足袋を穿き、紺の股引を穿」いて、天秤棒で肥桶を担いで坂を下りてくる汚穢屋の若者の姿に奇妙な衝撃を受けるのが、彼の同性愛的性向の最初の兆しとして語られている。この時の衝撃について、三島は「まだその意味とては定かではないが、或る力の最初の啓示、或る暗いふしぎな呼び声が私に呼びかけたのであった」と述べつつ、「それが汚穢屋《おわいや》の姿に最初に顕現したことは寓喩的《アレゴリカル》である。何故なら糞尿は大地の象徴であるから。私に呼びかけたものは根の母の悪意ある愛であったに相違ないから」と続け、さらに「物心つくと同時に他の子供たちが陸軍大将になりたいと思うのと同じ機構で」、「汚穢屋になりたい」という憧れを抱いた、としている（新潮文庫版一一〜一二頁）。

この思わせ振りな書き方に触発されて、この憧れは己の祖先との一体化の欲求であると捉えて、三島（平岡公威）の「出自」に説明の根拠を求めようとする論者が現れた。平岡家の祖先が加古川の塩屋（塩田での製塩業従事者）であったというところから、汚穢屋の姿を汐汲み人夫たる三島の祖先の姿に結びつけようとする者（松本健一『三島由紀夫亡命伝説』河出書房新社、一九八七年）や、平岡家の菩提寺とその周辺を取材して、平岡家の先祖は、「塩をまぶした魚介類」を天秤棒にぶら下げて売り歩く小商人（棒手振《ぼてふ》り）であったことを突き止め、〈汚穢屋＝棒手振り商人〉説を唱える者（板坂剛『極説三島由紀夫』夏目書房、一九九七年）も現れた。

この件は、礫川全次の『厠と排泄の民俗学』に依拠しているが、この本は、礫川が編んだ「歴史民俗学資料叢書」第二期全五巻の第一巻にあたる。冒頭十数頁が「解説編」、あとは「資料編」で、二六篇のテクストが収録されているが、「解説編」は「糞尿はいつから〈汚物〉になったのか――近代ニッポン糞尿史序説」と題されており、その前半はこの三島の「汚穢屋」

問題で占められている。つまり、汚穢屋＝汚物を扱う賤民、という都市民の蔑視が著名な文学作品に結晶化した例として、三島の「汚穢屋」妄想を取り上げるのである。そして、都市民による汚穢屋賤民視を論駁する資料を提示する。一つは、調布の名家の子息が、作男と一緒に「下肥の汲み取り」に行った思い出を語る文。もう一つは、徳富蘆花の文である。蘆花は東京から上高井戸村粕谷（現在の京王線芦花公園駅近傍）に移り住むが、そこでこの辺りの農村の情景を描写した随筆（随筆集『みみずのたはこと』一九一三年）の一つは、「此辺の若者は皆東京行をする。此辺の「東京行」は、直ちに「不浄取り」（下肥の汲み取り）を意味する」と始めて、汲み取りに行く農民の様子を具体的に記述している。さらに、「衆議院議員の選挙権位は有《も》っている家の息子や主人《あるじ》が掃除（汲み取り）に行く。……長屋のかみさんなど、掃除人の家に往ったら、土蔵の二戸前もあって、喫驚《びっくり》する様な立派な住居に魂消《たまげ》ることであろう。斯《か》く云う彼も、東京住居中は、昼飯時に掃除に来たと云っては叱り、門前に肥桶を並べたと云っては怒鳴ったりしたものだ」と、反省の弁を述べているのである。当時は制限選挙制で、選挙権は地租十円以上を納入の者に与えられた。汲み取り人（汚穢屋）が、そこらの東京の都市民より金持ちで、家屋敷も立派であることを強調し、都市民の蔑視に異議を唱えているわけである。

こうなると、平岡少年の汚穢屋体験は、直接的には、「血色のよい美しい頬と輝く目」を持った健康な若者の、下半身の起伏を浮き彫りにする股引姿への、素直な憧れの発露と捉えても、的外れではないとも考えられるのである。三島が、その「汚穢」性のイメージを利用して何を企もうとしたかは、別として。

『それから』の代助が「妾を置く」？

格さんは、どうやら父親がいなかった。当時は、父親が戦死したり、生死不明だったり、シベリアに抑留されていたりで不在の家庭は無数にあった。子供の頃はもちろんのこと、後年になっても、彼が父親の話をすることはなく、もちろんこちらから訊くこともなかったし、そんなことを意識に上せることとさえ、まったくなかった。しかし、今から遡って推測してみるに、どうやら彼は、いわゆる「妾の子」だったようだ。その推測の最大の根拠は、高校時代に友人と一緒に彼の家（借間）を訪れた時、彼の母親に初めて会ったことだった。後にも先にも、それが唯一の事例だった。何の用件だったかも覚えていない。彼は不在で、六畳一間に彼の母親がいた。内職の縫い物などをやっている様子だった。母親は、彼によく似ていた。特によく似た口許が、何やら扇情的だった。

彼は、いわゆる「いい男」だった。丸い、比較的小さめの顔で、丸く、やや突き出た口をしていた。金魚が鼻面を水面に出した時のような丸い口で、その割に唇はボッテリしていた。美少年と言ってもよかっただろう。

一緒に彼の家に行った友人は、翌日、「実は……」と打ち明けた。たしか、夢精をした、と言ったと思う。それを聞いてHは、彼の母親に会った瞬間に、ズシンと軽い衝撃を下半身に覚えたことを、思い出した。当のその瞬間には、その衝撃をほとんど認知しなかったのだ。

彼には姉が、たしか複数いて、中学を出ると、姉の夫だか恋人だかの電気屋の店に就職することになる。姉もおそらく美人なのだろう。そんなわけで、「妾*」の子というのは、Hの確信となった。ただ、確証があるわけではなかったし、この件を話題にすることは、その後も全くなかった。

＊　妾とは……などと注釈しようというのではない。ここにわざわざ一項目立てたのは、実は漱石の『それから』の中に次のような文があるからである。「生涯一人でゐるか、或は妾を置いて暮らすか、或は藝者と関係をつけるか、代助自身にも明瞭な計画は丸でなかった。只、今の彼は結婚といふものに對して、他の独身者の様に、あまり興味を持てなかった事は慥（たしか）である」。（七節）

周知の通り、代助はかなりの実業家の次男、親の金で悠々自適の生活を送る「高等遊民」で、三十にもなってまだ独身だが、近頃有力な縁談が持ち上がり、世話好きな嫂の熱心な説得を受ける。上の文は、その時の代助の内面の反応を描くものだが、ここで驚くべきは、「妾を置いて暮らす」というのが、選択肢の一つとして提起されている点であろう。つまり、結婚せず、独身であっても、妾を置くことはあり得る、ということになる。妾というのは、妻を持つ男が、何らかの事情で持つ、置く、蓄える（蓄妾）ものだ、というのが、今日世間一般の観念だろうが、どうやらそうではなかったらしい。つまり、妾を持つ非妻帯者（「独身者」と言うのは一応避けておこう）というものが、あり得るのだ。『それから』は、主人公が、かつてほのかに愛していた女性（三千代）に対する恋情を、次第に自覚するようになり、遂には友人の妻となっていた彼女を妻とすることを決断するに至る、という物語だが、この決断は、彼に有力な縁談を勧めていた父や兄という家族、当の友人を含む世間一般に逆らい、恵まれた生活条件を打ち捨てて、純愛を貫こうとするものであった。しかし、もし代助が蓄妾する非妻帯者であったとしたら、この「純愛」はどうなっただろう、などと考えるのは、グロテスクな揚げ足取りということだろうか。ただ代助は、現にたびたび藝者遊びはしている。「私のことだから少しは道楽もしますが……」と、父親に認めてもいる。ラフに言うなら、娼婦を抱いている、のである。それでも「純愛」は成立し得たのだ。

ただ話が、代助がそうしたセックス処理をしている、というだけなら、大した問題でない。問題は、「愛し合う」男女における性的不平等、すなわち、女性には完璧な純潔が要求されるのに、男性には要求されない、というのは、結婚の場合だけでなく、恋愛の場合にも妥当するということなのである。それにしても、多少の女遊びと蓄妾とは、まったく別の話だろう。妾というのを「恒常的・安定的愛人」と捉え直したとしても、である。愛を告白した際、多少の女遊び（不特定な相手との交渉）をしていることは、何も一々断るには及ばないだろうが、「愛人」の存在は告白しておかねばならないだろう。

実はこの引用、小谷野敦の『もてない男』（ちくま新書、一九九九年）に教えられたものである（一二六頁）。小谷野は「妾」を、「……『愛情』のような面倒な義務を負わない、セックスと身の回りの世話を金銭の見返りに行なう女性、かつ、世間に対して、自分がその女性に対し人格的な尊敬の念を持っていないということをはっきりさせておける存在」と定義し、「妾」という制度を、「近代的な結婚の理想のなかで『ただ一人（オンリーユー）』という羈絆によって性愛の主体たる個人（男）を縛」ることなく、「恒常的にセックスの相手を確保」することを可能にするもの、と定義している。つまり、一夫一婦制という制度を、男性の性欲（性愛）の現実に適応させるための方便ということだろうが、もちろん制度の歴史としては、「妾」制の方がはるかに古い。だから上の引用は、頭（精神）では近代的恋愛の主体たる代助の下半身が、江戸期の「妾」制に何の疑問もなくどっぷり浸かっている、そうした近代化＝西欧化の一段階を表示している（そして、前編でさんざん放蕩を繰り返した時任謙作が、後編になると、一夫一婦制の枠におとなしく収まっているらしい『暗夜行路』は、次の段階を表象している）、ということになろうか。

小谷野の分析は、『源氏物語』や『狭衣物語』など平安文学まで参照しつつ、縦横に展開するが、その紹介は控えておこう。ただ代助について私見を一言——彼の心の変遷は、むしろ深窓の令嬢のそれに相応しい。ちなみに代助はクラシック音楽通で、ピアノも弾ける。これが彼の「高等」性のシグナルの一つだが、これはまさに深窓の令嬢の主たる属性に他ならない。屋敷の奥で、ひたすら技芸教養の向上に努めている（つまり「花嫁修行」）令嬢が、父から政略絡みの縁談を押し付けられた。相手に特段の嫌悪があるわけではないが、漠然とした違和感を抱く彼女は、一生を決める選択を前にして、自分の心の奥底に問いかける。そして、かつて愛していたが、気持ちをうまく表現することができなかったため、自分の友人と結婚してしまい、自分も心からそれを祝福したその男性への愛が、やはり「本物」であったことを悟るに至り、数年ぶりで東京に戻って来た彼が不幸な夫婦生活を送っていることを知るにつけて、その愛の成就を意欲するに至る――誰か、代助を女にしてテレビドラマ化してくれないものだろうか、と思ったりするのだが、そうなるとずいぶん問題性と緊張感に乏しい、普通の恋愛物になってしまいそうだ。このドラマの眼目は、やはり職業に就かずに何不自由ない生活を送っていた男性が、その条件を失ってまで恋を貫くところにあるので、それを女性（昭和前・中期的令嬢）に置き換えたら、その肝心の眼目が無効化されてしまうのである。

「バカと鋏は使いようで切れる」

格さんはずいぶん後までHの家に来続ける。Hが大学生となり、大学院に進む頃まで付き合いは続いたが、ここらで一旦、彼を離れることにしよう。話が幼少期から離れすぎてしまうからだ。小学校中学年の友達としては、前回触れた高木君のことを、もう少し話すことにする。高木君とは、大喧嘩をしたが、その後は「仲良し」になった。全力で戦った者同士の間に生まれる友情という、あの一種神話的な法則に従って。実際、必死に殴りあった者が到達する力量の互角性が、二人の対等性を担保し、互いに全幅の友情を向けることを保証するのだろう。高木君との間では、力量は段違いに彼の方が上だったが、噛み付くという「禁じ手」を躊躇しなかったことが、買われたのでもあろうか。此奴、敵に回すと厄介だ、というのかもしれない。

クラスの中で、Hは一応「勉強ができる」方の児童だった。まあ、大まかに言えば、「ジャイアン」だが、ジャイアンのようなガキ大将的側面は、あまりなかったような気がする。むしろ、そういった側面は、Hのものだったかもしれない。してみると、あの喧嘩は、クラスのボスの地位をめぐるものだった、のか。運動会の時、Hの総指揮に従って、高木君は応援団長として大活躍をした。「Hの総指揮に従って」というのは、実はちょっとした証拠がある。Hが書いた作文である。運動会へのクラスの取り組みを報告するその作文の中で、高木君の活躍を賞賛する文脈で「バカと鋏は使いようで切れる」と書いたのだ。Hとしては、つねづね祖父から聞かされていたことわざを、この世の真理を表す文言として、他意なく用いたまでだったが……。果たして、これが掲載された学内報が配られると、高木君からは、「こんなことを書きやがって」と文句を言われた。ただ、それだけだった。別に謝罪を要求されることもなく、殴られることもなかった。侮辱の底意がないことを、彼も認めてくれたのだろう。

それにしてもこの文言、よくもこのまま掲載されたものだ、と思う。担当の教員がチェックして、削除・修正を指導してもよかったのではないか。当時はむしろ、余計な介入は避けようとする気風が勝っていたのだろうか。あるいは、万人が認める真実を述べる、まったく無害で有用な文言として、通ったのかもしれない。

高木君は、間もなく死ぬ。五年になって、彼とはクラスが分かれてしばらく経った頃、彼の訃報が伝わってきた。自分が噛みついたせい、その後遺症のせいではないか、とHは本気で気に病んだものだ。切れ長の目の精悍な面構えをした高木君は、腕っ節は強かったが、集団を牛耳る志向をあまり持たない、気の良い「一匹狼」だった、のだろう。

井出君――羽仁進の『不良少年』

「不良」というカテゴリーが存在する。今流に言うなら「ツッパリ」だろうか。小学校、中学校、高等学校での生活を通して、Hはこのカテゴリーの少年に出会ったことはない。唯一の例外が、五年になって同じ組《クラス》となった井出君である。それまで組《クラス》は毎年替わったが、五年六年は、同じ担当で持ち上がりとなった。だから井出君とは、二年間同級生であり続けたわけである。彼がその時すでにれっきとした「不良」だったというのではない。ただ同級生、いや同期生の中で、「不良」という概念にかなり該当しそうなのは、彼だった。もちろん同級生であった二年間に、彼はただ腕っ節が強そうな、ある種の風格を帯びた少年にすぎなかった。中学は、Hは荏原五中、彼は荏原四中と、分かれたので、中学に入って彼がどうなったのかは、よくわからない。ただ、本格的な「不良」になったという噂も聞いたような覚えがある。

彼の家は魚屋で、二歳下の弟がいたが、「弟の方は、本物の不良だが」、兄である井出君は「まだましだ」とか「ぐれてはいない」といった言説が流布していたような気もする。腕もあり、度胸もあるが、「不良」の道には踏み込んでいない、というのだろう。どだい「本物」の不良というのは、どういうことをする連中なのか。何人かで徒党を組んでいたずらをする、というのなら、「いたずらっ子」にすぎないし、そのリーダーは「ガキ大将」にすぎない。それが高じて、他の徒党（例えば他校のグループ）との対立抗争になり、学校内外での徒党を組んでの暴力行為（要するに喧嘩）をこととする、となると、「不良」のレベルに達した、ということだろうが、場合によっては、教師への不服従や、学校の設備・器物の破損から、違法行為（暴行・恐喝）なども、付随するだろう。井出君が、中学に入ってそういうことをやっているとは、なかなか想像しにくいことだった。暴走族なら、どんなことをやるのか、イメージが湧くが、当時はまだオートバイなど買える者もいなかったので、暴走族は存在しなかった。

彼の弟がどうやら本物の不良だというのは、実は実際に確認できたことである。高校時代に、小学校の同窓会の役員をやっていて、同窓会主催で夏のプール開きを行なったことがある。夏休み中、プールを学校が使用しない時に開放し、同窓会の役員が管理業務に当たるというものだが、その対象が現役の小学生だけなのか、同窓生全般なのか、おそらく前者なのだろう。ただ同窓会の役員は、自由にプールに入ることができた。よく考えてみると、この事業、かなり問題含みなのではないか。同窓会役員と言っても、自発的に手を上げて集まった有志たちで、特に資格要件があったわけではなかった。それを何回行なったか覚えていないが、ある時、母校出身の不良たちがやって来て、自分たちも泳がせろと要求した。せいぜい三人だったが、その一人が井出君の弟だった。ちょっと優男っぽいのが兄貴分格で、Hに「弟はいるか」などと訊いてきた。「家族に危害が及ぶぞ」という脅しのヴァリアントなのだろう。すると井出君の弟が「妹がいるよな」と、口を出した。妹は二つ年下だから、井出君の弟と同学年だった。この弟、いかにも不良じみた、荒んだ顔をしていた、と思う。もちろん、前から顔は見知っていたが、緊張の中で向き合ったのは初めてだった。

当の井出君については、後年、羽仁進の『不良少年*』（一九六五年）に出演しているという噂が流れ、実際この目で確認した、と思ったことはある。それは、特別少年院の柵の外に「兄貴」たちが「スケ」も連れて車で乗りつけて、中に居住する少年に呼びかける場面で、呼びかけられた少年は窓の格子に顔を押しつけるようにして、「兄貴」たちに応答する、その少年の顔が井出君によく似ていた。総じてこの映画に登場する「不良」少年には、見覚えのある顔がいくつかあったような気がするので、羽仁進は、（井出君のいた）荏原四中あたりを中心にリクルートしたのではないか、と思ったりしたものだ。ところが今回、ネットを探ったところ、この映画の「予告編」が見つかり、観てみたところ、この場面がちゃんと出てきた。十分にも満たない短い動画の中にちゃんと出てくるのだから、やはり重要な場面なのだ。そして、格子に顔を押し付けて、大声で「兄貴」たちに語りかけている少年は……井出君ではなかった。

＊　羽仁進は、羽仁五郎と説子の子、記録映画で監督として出発し、記録映画の手法で、本物の「不良少年」をスカウトして、この映画を撮った。実は、映画冒頭で主人公の少年は、練馬の東京少年鑑別所（練鑑《ネリカン》）に送られるので、舞台は練鑑かと思っていたのだが、今回少し調べてみると、鑑別所というのは、少年がどの程度の「ワル」であるかを鑑別し、どの施設（少年院など）に送るのかを決めるところだということがわかった。この映画では、主人公は海辺の少年院に送られるので、おそらく久里浜少年院であろう。そこがこの映画の主たる舞台となるわけである。この映画が上映された頃、「練鑑ブルース」が流行っていた。たしか一番は――「身から出ました錆ゆえに／エンコで遂にパクられて／お巡りさんに意見され／着いたところは鑑別所」だったと記憶している。「エンコ」というのは、浅草のことだと聞かされていた覚えがあるが、今調べてみると、「公園」を転倒した隠語というのがあった。他には「お墓の前にひざまづき／真面目になると誓ったが」とか、「あの星あたりがスケの家」という歌詞を覚えている。れっきとした不良少年ならずとも、ジンとくるような歌だった。この歌、口伝えで歌われていた、言ってみるなら「口承歌謡」だったが、のちに藤圭子が歌って、流行ったらしい。ただその歌詞を見てみると、どうも練鑑に送られる不良少年とは無関係の歌になっているようだ。

井出君——校庭でのチャンバラごっこ

だとすると、どういうことになるのか。映画の中の少年は、明らかにヤクザ組織の末端に組み込まれた、「本物」の不良である。羽仁進は、不良少年的環境にあった少年たちをスカウトしたのだろうが、彼らはそれぞれ映画の中で演じている役とイコールではない。井出君がこの映画に出演して、しかも「兄貴」たちと浅からぬ縁のある不良少年の役を演じていたとしても、それだけで井出君がれっきとした不良であるとすることはできない。ところがHは、あの映画で不良の役を演じたというだけで、それが不良少年の証であるかのように、思い込んでいたのだ。しかも、あの不良少年を演じたのは、井出君ではなかったのである。これは、名誉毀損的誤解と言わねばならないが、実は、仮にあの少年を演じたのが、井出君だったとしても、それだけで名誉毀損的推定の咎は成立しただろう。つまり二重の名誉毀損、先入見に満ちた誤解ということになる。彼に連絡が付くのなら、今からでも謝罪すべき案件である。しかし彼は、だいぶ以前に亡くなっている。四、五十代の働き盛りでの早すぎる死だったようだ。

たしか赤坂で不動産屋をやっていた。赤坂の前は、地元に事務所を構えていたのだろう。というのも、叔母（父の妹）が地元で借家を探すのに、彼の「世話になった」らしい。「あんたの身内だというんで、すごくよくしてくれたのよ」と言っていた。Hとしては、彼が友達として認めてくれていたことを、ずっと後の、今頃になって図らずも知らされたような気になった。それにしても、彼がれっきとした不良だったという想定は、根拠が薄れたにしても、不良でなかったという証明がなされたわけではない。不良という後光に包まれた彼のイメージは、いささかも色褪せていないのである。

実は、小学校高学年の二年間、彼とは「喧嘩」していたわけではないし、彼にいじめられていたわけでもない。「仲良し」とまではいかずとも、クラスメートとして普通に付き合っていた。例えばチャンバラごっこだ。たしか、向こうの大将は井出君、こっちの大将はHがなって、両陣営に分かれて「戦闘した」ことがある。校舎は平面図的にはいびつなコの字型をしていて、建物が折れ曲がる箇所に大きな入り口が開いており、そこには跳箱やマットなど、体育の道具が収められていた。そこが一方の陣地。そこから半ば対角線を描いて校庭を横切ったところに、奉安殿*の跡地があった。神社のように白御影石の柵で囲まれた区画の中に、さらに一メートルほどの石の台座がある。正面には区画までと台座の上までをつなぐ二重の石段が設えられている。その台座の上に奉安殿が建っていたわけだが、今ではむき出しの土の盛り上がりがあるだけだ。かなり立派な奉安殿だったのだろう。それがもう一方の陣地。両軍は歓声をあげて陣地から出撃して、運動場の真ん中あたりで激突する。ただこのチャンバラごっこ、武器を持たない。片手がそのまま剣になるのだ。しかも、もう一方の手は手綱を握っており、つまりいずれも馬上の士よろしく速歩（トロット）で駆ける馬の動きを表現しながら、つまり、腰から下は馬になり、あたかもケンタウロスのような人馬一体のものとなって、相手に撃ちかかり、腕と腕で切り結ぶ。これは、戦国日本の騎馬武者というよりは、西洋中世の騎士たちということになろう。となると、演出者はHに違いない。何らかの映画の影響だろうと思うが、思いついたのは、前回触れた『炎と剣』や『円卓の騎士』ぐらいで、両方とも日本公開は一九五四年のようであるから、Hの小学五、六年（一九五一～五二年）とは計算が合わない。

＊　奉安殿というのは、天皇皇后の肖像写真（御真影）と教育勅語の謄本を収める建築物。教育勅語とは、一八九〇（明治二十三）年に発布された「教育に関する勅語」だが、やがて一九〇〇（明治三十三）年に全部改正された小学校令施行規則によって、祝祭日（四大節）には学校で儀式が行なわれ、校長が教育勅語を全生徒に向けて読み上げることが定められた。この謄本と御真影は、校舎内（校長室など）に設けられた奉安所に収められていたが、火災の際、これを救い出そうと火の中に飛び込んで、校長が殉職するという事件がいくつか起こり、そのため防火性能の高い建築物（奉安殿）を建てて、そこに収める風が盛んになった。戦後、もちろんこれはGHQの指示により、解体・撤去されたが、敷地が残っていることが多かった。

それはともかく、Hは、井出君に対抗する一方の大将を務めていたのである。これは実は、Hが密かに誇りとしていたところだった。名うての不良となった男と、互角の立場で遊びをした、というわけだ。だから正直、彼がまったく不良でなかったとすると、いささか拍子抜けなのである。

しかし二年間は長い。その間に多少の変化があってもおかしくない。井出君については、Hに反発するような言動の覚えもある。例えば体育の時間に、Hたちが体操をしている姿を、校庭に座って見ているグループの一員だった彼が、周囲に聞こえるくらいの大声で揶揄ないし批判したこと。もしかして、Hたちは模範演技に指名されたのだったか。だとすると、井出君の苛立ちも理解できる。また教室で先生が出した質問に、Hが真っ先に手を挙げて答えるのを、妨害するように横から口を出して、「違う違う」と叫んだこと。実はこの答えは、まことに「お恥ずかしい」もので、日本にやって来る台風はなぜ列島の上でカーヴするのか、という問いに対して、「日本の真ん中には山脈が走っているから」と答えたものだった。

「トム・ソーヤーみたいなことは、しちゃだめよ」

ある時、何人か一緒に黒板の前に立たされて、担任の宮木先生からこんこんと諭されたことがある。宮木先生は、中年の女性で、母親的なイメージを発散させる方だったが、特にHには「目をかけて」くれた。その頃、課外授業の映画鑑賞で『トム・ソーヤーの冒険*』を観たあとに、さすがに軽い同一化現象を起こして、校舎の傍に立つ木によじ登ったりしていると、先生がやって来て、下から「危ないから気をつけるのよ」と注意をした。そのついでに二、三遣り取りがあった中で、「でも、トム・ソーヤーみたいなことは、しちゃだめよ」などという発言があった。これは、トム・ソーヤーが同級の女の子ベッキーに「粉をかける」場面があって、それを示唆していた。つまり、十一歳前後の日本少年に、女の子に対して「同級生としての友人関係を逸脱した関係を求めるようなこと」を嗜めたわけである。「そんなことしないよ」と、Hは高揚して答えた。口調も、教室での丁寧語法をかなぐり捨てた、「無礼講」的な、ないしは「二人だけの私的会話」的な、ラフで甘えたものになっていた、ようだ。自分では思ってもみなかったことなので、面映くもあり、先生が無粋な自分にそんな艶っぽい嫌疑をかけてくれたので、一丁前の男になったような気がして、嬉しかったのだろう。

＊

あの頃は、課外授業として、先生に引率されて学年で映画館に行くことがあった。それで観た映画としてすぐに思い出したのは、『宇宙戦争』だが、これは日本公開が一九五三年とあるので、Hは中学生になっていたことになる。ディズニーのアニメ『シンデレラ』（一九五〇年、日本公開一九五二年三月）は、中一の時、この枠で観た明瞭な記憶がある。奇妙なのは、『自由学校』（一九五一年）を、やはり課外授業で観た記憶があることだ。こんな大人の映画を、何故？……という疑問が浮かぶ。この映画、獅子文六の小説（一九五〇年五月から十二月まで『朝日新聞』紙上に連載）の映画化だが、松竹と大映がそれぞれ映画を撮り、同じ時期（五一年の五月初旬の連休）に上映するという、文字通りの「競作」であった。ここから、「ゴールデンウィーク」という語が生まれたらしい。Hが観たのは、佐分利信主演の松竹版で、彼に、東野英治郎扮する怪しげな人物が、いきなり「Do you speak english?」と尋ねたのに、彼は悠揚迫らず、「英語はダメだ。ドイツ語ならやったが」と答える場面は、鮮烈に覚えている。「ハハー、そういうものなのか」と妙に納得し、感銘を受けたのだ。戦前戦後の日本の外国語の「価値体系」的事情を、初めて覗いた体験だったのだろう。それにしても、こんな映画を学年全体ないし学級全体で観に行くものだろうか。あるいは、少数の有志を連れていく、というようなやり方だったのだろうか。Hは、先生たちが真剣にこの映画について語っている場面もよく覚えている。子供に対する話し方でなく、先生同士の「真面目な」会話というものの挙措・口調が新鮮に感じられたのだろう。

さて、『トム・ソーヤーの冒険』の件。言わずと知れた、マーク・トゥエインの小説の映画化だが、二〇世紀初めから何度も映画化されているようで、Hが観たのがどれなのか、個別情報は残念ながら見当たらない。鮮明に覚えている場面は、トム・ソーヤーが教会で、聖書を暗記したと名乗り出る場面だ。子供たちに聖書の暗記が推奨されており、それを成し遂げたものは、会衆の前で大いに賞賛され、賞品(聖書)が授与される。「本当に大したもんだ」という大人たちの賛辞の中で、確認のためのテストとして、次の質問が発せられる。「聖書に登場する初めの二人の名は何か?」これに対してトムは、やや口ごもった後、はたと閃いたように明るい声で、「アダムとイヴ」と言う。「オー」という、呆れと憤慨の叫びとともに、トムの手中から賞品は奪い返される。

この場面、念のため原作で確認してみたところ、質問は「最初に使徒になった二人の名」であった。これなら納得できる。仮に「聖書に登場する初めの二人の名」だとしても、「新約」の最初のテクストは「マタイ伝」で、その第一行は「アブラハムの子であるダビデの子、イエス・キリストの系図」であるから、答えは「アブラハムとダビデ」になってしまう。「旧約」

なら、「アダムとイヴ（エバ）」というトムの答えでよさそうにも思える（実際、Hはそれがとんでもない誤答であるとされたことに、違和感を抱いていた）が、実は、アダムという名はなかなか出てこない。彼は単に「人」という名詞で指示されており、彼（人）がその妻をエバと名付けるのは、禁断の木の実を食べて、楽園を追放される時にすぎない（第三章二〇）。つまりエバという名の方が先に登場するのであり、次に登場する名は、カインである。だから最初に登場する二人の名は、エバとカインということになってしまう。それまで、まさに「人類」そのものを示す普通名詞で呼ばれていた人物（何しろ、人類に属する個体は彼しかいなかったのだから）たるアダムの名が明瞭に示されるのは、カインの六世代先の末裔までの名が列挙された後である。そこで話は遡って、カインとアベルの後に生まれた子のことになるのだが、そこで初めて「人」はアダムの名で示されるのである（第四章二五）。

さて、原作では質問は「最初に使徒となった二人の名を言え」であった。そしてトムの答えは、何と「ダビデとゴリアテ」。これなら文句の付けようのないとんでもない答えだ。そうなると問題は、映画は何故この問答を変更したのか、となるが、これはおそらく、原作通りの質疑応答では、当時の日本の観客には馴染みがないと判断して、日本語スーパーを変えたのだろう。今なら、こんな「誤訳」はすぐに摘発されるだろうが、当時は原語の科白を聞き取って文句を言う人がいないと想定しても、リスクはなかった、ということなのだろうか。

宮木先生の説諭――今昔「いじめ」模様

さて、その宮木先生に、大勢が黒板の前にずらりと立たされて、お説教を食らった話。その原因が思い出せないのだが、もしかすると、ある女子を大勢でからかい、囃し立てた、ということかもしれない。彼女、少し協調性に欠けるところがあって、ちょっとからかわれると、たちまちいきり立ってヒステリックな反応を見せた。それが面白くて、からかいがさらにエスカレートすることがしばしばだった。それで、からかいに加わった者全員が立たされたのだ。Hは、からかいの中心メンバーではなかったと思うが、からかいを止めるようたしなめる努力を怠ったという、学級委員としての不作為・怠慢を責められたのだろう。もっとも、からかわれていきり立つ彼女を面白がったことは否定できない。今ならこれは文句なしに「いじめ*」である。

宮木先生の説諭は、もちろん立たされた一味のそれぞれに向けられたはずだが、Hが記憶するのは、自分に向けて懇々となされた説諭である。たしか先生は、児童舞踊団で練習に励むHの二人の妹を引き合いに出した。多分、先生の娘さんも同じ舞踊団に所属していたのだろう。「あなたも妹さんたちのように、頑張っている」ことは十分承知しているが、そのあなたが、こんなことではダメでしょう、という趣旨だったと思う。ずいぶん私的な関係に踏み込んでくるな、という気もしたが、しおらしくうなだれて聞いているうちに、目頭が熱くなった。そして、ままよと涙が出るに任せることにした。この場を収めるにはこれしかない、と感じたのだろう。

井出君は、立たされていなかった。そして、「Hが男のくせに、安易に泣いた」ことを、嘲笑した。その嘲笑の場面は覚えていない。しかし、嘲笑されたということは、疑いない事実として覚えている。おそらく、聞こえよがしに大声で周囲の者に批判を口にしたのだろう。

＊

「いじめ」が重大な社会問題となったのは、いつ頃からだろうか。Wikipediaには「一九八五（昭和六十）年頃から陰湿化した校内暴力をさすことが多い」とある。これは、Hの実感ともほぼ合致する。テレビなどで、いじめ問題がテーマとなる番組が数多く作られたのも、八〇年代に入ってからだと思う。中には、恐喝まがい、どころか、文字通りの恐喝そのものもあるようで、それが同じ「いじめ」の概念でくくられることには、違和感というか、困惑を覚えたりもしたものだ。

ここで「昔は良かった」などと、過去を牧歌化するわけではないが、戦後の子供たちの世界では、事情はだいぶ異なっていた。まず「いじめ」とは、「いじめっ子」が可愛い女の子を数人で囃し立てて泣かす、というのが最も典型的だった。これはもちろん一種の愛情表現で、こうすることで何とか彼女に向かってコミュニケーションを図ろうとしたのだ。あの頃の女の子は、戦前の女子教育の余韻の中で育ったので、淑やかで大人しい子が多く、すぐ泣いたものである。そうすると「いじめっ子」は満足し、かくして「いじめ」の目的は達せられた、わけである。

喧嘩はもちろんあった。しかし、よく仲裁が入ったりもした。とはいえ、「喧嘩はよくない」という抽象的な空疎なスローガンが蔓延してはいなかった、と思う。それなりに具体的に事情に通じている仲間が、仲裁に入ったものだ。気に入らない奴、生意気な奴を、待ち伏せするということもあったようだが、それほど陰湿な所業には至らなかった、のではないか。つまり「いじめ」は、子供たちの自然な行動様式の有機的な一環をなしていたのである。

それがどうして一九八〇年代から陰湿化したのだろうか。いずれにせよ戦後早期には、日本の社会は、これから自分たちの力で建設すべきものであって、言わば「海のものとも山のものとも」つかない、まったく未分化・不定形のものであり、それだけに大なり小なり理想主義的なさまざまのヴィジョンが提唱されていた。やがて日本は、一九六〇年代に確立したロードマップに沿って、ひたすら経済立国を追い求め、その結果、経済大国としての繁栄が実現したのが一九八〇年代（昭和末期）ということになろう。それは同時に、欧米に追いつき追い越せという、幕末維新以来の国民的目標の一応の達成であって、社会は爛熟し、それだけに安定し、固定化し、やがて停滞することになる。「いじめ」がその頃から陰湿化したとすれば、社会の内向化と関連するのかな、とまずは考えたくなるのである。

井出君――まとめ

要するに井出君が、Hに批判的で、対抗的であった事例は、いくつも挙げられるのである。これは二年の間の変化と考えることができる。初めはそれなりに友好的だったが、やがて反発が強まっていった、というように。ただ、確かめる術はない。もしこの「仮説」が正しいとするなら、それは以下のようなことだったのではないか。Hは学級委員で、「できる子」だった。男女数人の「できる子」グループがクラスをリードしていたが、井出君はそのグループの一員ではなかった。しかし、彼の成績がどうだったかは知らないが、本来の知力からして決して劣るものではなかった、と思う。体力、運動能力、それに度胸・胆力、侠気《おとこぎ》のようなものを含めるなら、Hなどよりはるかに優れた少年だったが、二年間にわたって、クラスの中で然るべく処遇されなかった、要するに「できる子」のグループに入れてもらえなかった、このことへの不満・苛立ちがあり、Hに対して、「何であんな奴が」という思いを抱いていた……というのではなかろうか。

　Hは、宮木先生に目をかけられ、卒業式の総代の重責を果たすに至る。それなりの資質を備えていた井出君は、クラスの体制に疎外され、やや大げさに言うなら、学校システムに疎外されて、もしかしたら、不良の道を歩み始める——どこまで行き着いたかは知らないが——ということだったとするなら、Hは彼の人生構築に大いに責任がある、ということかもしれない。後に彼の顔を見たのは、二度ほどだけだ。一度は高校時代、地元の繁華街ですれ違った。こちらも女子も含めて数人だったので、彼とは目配せをしただけだった。「相変わらず、でかい面をしていやがる」といった、「参った、参った」といった、皮肉だが棘のない笑みを浮かべていた、ような気がする。二度目はずっと後、三十代も半ばになった頃に、同期会に彼が姿を現した。おそらく赤坂で不動産店を営み、成功した頃だろう。生き馬の目を抜く実業の世界を乗り切っていく男盛りの余裕と貫禄が、りゅうとした身なりに滲み出ていた。Hのことを、歯牙にもかけぬという風情だった。

クラシック事始め――『ファンタジア』

さて、この辺で格さんに戻るとしよう。これはほぼ中学いっぱい、ギリギリ高校までという、本稿の基本的大枠からはだいぶ外れるが、まあ、後日譚としてお読み戴きたい。彼は、Hの中学高校時代には、Hの勉強部屋でレコードを聴いたりした。当時、LPが発売され、やがてEP（ドーナツ盤）も登場した。[*1] Hが最初に買ったLPは、シャルル・ミンシュ（Charles Munch）指揮の、ベートーヴェンの「運命」とシューベルトの「未完成」だった。この二曲がそれぞれ片面に入っていたのだ。クラシック入門用の、何ともお得な一枚ではなかろうか。これに続けて、ベートーヴェンの第六「田園」や、チャイコフスキーの「くるみ割り人形」、さらにはストラヴィンスキーの「春の祭典」や「ペトルーシュカ」などを買った。ご覧の通り、ディズニーの『ファンタジア』[*2]の影響が見て取れる。この映画が日本で公開されたのは、一九五五年九月なので、HのLP購入歴の開始もその頃だろうと推定できる。つまり中三である。祖父の死が、その年の四月だから、祖父が亡くなった後ということになる。そう言えば、四畳半の勉強部屋と襖で隔てられた八畳には、祖父が寝ていたものだが、祖父の死後は、午後などは八畳も自由に使えたので、襖を開け放って、レコードを聴いていたものだ。そんな時、しばしば格さんがいた。

＊1　それまでのレコードは、SP（standard playing）と呼ばれ、直径三十センチで一分に

七十八回転、片面に収録できる演奏時間は五分程度だったが、ＬＰレコードは、直径三十センチで一分に三十三回転（三分に百回転）、片面に三十分ほどの曲を収録することができた。ＥＰレコードは、直径十七センチ四十五回転、収録できる時間は五分から八分。これは、中央に大きな穴が開いているため、ドーナツ盤と呼ばれた。日本での開始は、物の本によれば、一九五一年三月にコロンビアがＬＰを輸入販売、五四年に日本ビクターがＥＰを発売、とのこと。ただ、ミュンシュの「運命」「未完成」、日本のＬＰの嚆矢と思っていたが、一九五一年というのはＨが小学五年の年だから、いささか早すぎる。あるいは、日本で製作したＬＰの嚆矢ということかもしれないが、どなたかご存じの方がいらっしゃれば、ご教示願いたい。

＊2　『ファンタジア』は、ストコフスキー指揮のフィラデルフィア管弦楽団の演奏するクラシックの名曲に合わせて、ディズニーの動画が展開するというもので、演奏される曲のプログラムは、以下の通り。一　バッハ「トッカータとフーガ」、二　チャイコフスキー、組曲「くるみ割り人形」、三　デュカス「魔法使いの弟子」、四　ストラヴィンスキー「春の祭典」、五　ベートーヴェン、交響曲第六「田園」、六　ポンキエッリ「時の踊り」、七　ムソルグスキー「禿山の一夜」、八　シューベルト「アヴェ・マリア」。

動画と曲の関連は、かなり自在な発想でなされており、最も衝撃的なのは、「春の祭典」がジュラ紀の恐竜たちの情景に対応することだろう。曲のクライマックスの激しい不協和音の連打は、ティラノサウルスとステゴサウルスの死闘のＢＧＭとなる。逆に、「魔法使いの弟子」

では、動画はかなり「忠実」に、ミッキー・マウス扮する魔法使いの弟子の失敗などを物語る、といった具合である。この映画、日本公開は一九五五年だが、アメリカでは一九四〇年に公開されていた。アメリカ公開が一九三九年で、日本公開が一九五二年の『風と共に去りぬ』などと同じ、戦前のストックの、戦後日本への怒涛の流入の一環だったのである。

クラシック・レコードだけでなく、ミュージカル映画のレコードも、よく聴いた。例えば『回転木馬』や『上流社会』。いずれもEPだが、ジャケットに歌詞が載っていて、レコードに合わせて歌ったりもした。実は、両方とも物語はほとんど覚えていないが、『回転木馬』[*1]の「六月は一斉に花開く」(June is Bustin' Out All Over.)というナンバーや、『上流社会』[*2]で、ビング・クロスビーとフランク・シナトラが、「ハイ、ハイソ、ハイソサーイ、ハイ・ソ・サイ・エティ」と歌うナンバーは、そうやって何度も聴き、歌ったものだ。映画上映はいずれも一九五六年だから、すでに高校生になっていたはずだ。映画はもちろん観たが、格さんと観に行った覚えはない。両方とも、やはり五反田セントラルあたりに行かなければ観られなかったろうから、おそらく彼は観ていないだろう。ただ、レコードは熱心に聴いていて、メロディーもよく覚えていた。

＊1　『回転木馬』(一九五六年)の原作は、ハンガリー系ユダヤ人モルナール・フェレンツ(ハンガリー人だから、モルナールが姓でフェレンツが名)の戯曲『リリオム』(初演はブダペストで一九〇九年)。これがブロードウェイで上演され(一九四〇年)、次いで『回転木馬』のタイトルでミュージカルとなった(一九四五年)のを、映画化したもの。リリオムというのは、

主人公の名だが、舞台をアメリカに移したミュージカルでは、ビリーに変わっている。Billy というのは William の略称だが、William の略称には、Liam というのもあるようで、Liliom というのは、Liam のマジャール（ハンガリー）語ヴァージョンのように思えるが、これは推測にすぎない。物語は、回転木馬の呼び込みの職を失った、粗暴なビリーは、妻のジュリーに手を上げる（暴力を振るう）ことがあったが、妻の妊娠を知って、生まれてくる子供のためにと、悪事を企て、失敗して死んでしまう。そうして天上に上った彼は、ある時、成長した娘の苦境を知り、一日だけ地上に戻る許可を得て、娘ルイーズの前に現れ、天界から盗んだ星のかけらを渡そうとするが、警戒する娘に苛立って、思わず手が出てしまう。しかしルイーズは、打たれたのに痛くなく、まるでキスされたようと、その不思議な体験を母に語り、母は亡き夫を思い出して、すべてを理解する、というもの。この劇を書いていた頃、モルナールは、妻に暴力を振るって、訴えられていたらしい。となると、粗暴さゆえの暴力は実は不器用な愛情表現であったとする、心を打つこの劇は、家庭内暴力の「自己弁護」ということになるが、このあたり、現在ではどのように受け止められているのだろうか。なおこのミュージカルは、一九六三年以来、何度か宝塚歌劇団によって上演されている。

＊2　『上流社会』（一九五六年）は、戦前にキャサリン・ヘプバーンをスターダムに押し上げた『フィラデルフィア物語』（一九四〇年）をミュージカルに仕立てたもので、ビング・クロスビーとフランク・シナトラの二大人気歌手、それに当時人気絶頂のグレース・ケリーが主演。

グレース・ケリーにとっては、これが最後の映画出演となった。彼女はフィラデルフィアの大富豪の娘であるから、フィラデルフィアの上流社会という設定は、意味深である。

『ピクニック』――わが青春のキム・ノヴァック

他には、『ピクニック』（日本上映一九五六年）。ウィリアム・ホールデン、キム・ノヴァック主演のこの映画の圧巻は、二人が互いに引き寄せられて向き合い、自然に抱き合って踊り始める場面だ。キム・ノヴァックが演じるのは、町中がピクニックに繰り出すレイバー・デイ（労働者の日）のお祭りで、今年の「女王」に選ばれた美少女マッジ、町の富豪の息子アランのフィアンセになっている。ウィリアム・ホールデン扮する風来坊ハルは、アランの旧友で、彼を頼って、まさにその日にこの町へやって来たのだが、マッジの妹ミリー（スーザン・ストラスバーグ）のお相手のような格好で、この大ピクニックに参加することになる。祭りもたけなわ、暮れなずむ小川の船着場にたむろするハルたちのところに、ジャズのメロディーが流れて来る。ハルは、このリズムに合わせたダンスをミリーに教えようとするが、ガリ勉で大きな眼鏡をかけたミリーは、なかなかコツがつかめない。と、土手の上にマッジが姿を現し、リズムに合わせて腰を振り始める。ハルは、それに気づくと、魅入られたように立ち尽くす。するとマッジは、手を叩いて、叩いた手を交互にゆっくり前に突き出す手拍子を取りながら、低い階段を一歩一歩降ってこちらに近づいてくる。そして、階段を降り切ると、その所作を凍結した構えでハルの応対を待つ。ハルは、両手を大きく横に張り出して指を鳴らし、リズムに乗りながら、マッジに近づき、彼女の手を取る。そこで二人は片手をつないだだけで、互いに見つめ合いながら、大きな円を描いて一回りし、それから一旦手を離して、じっと向き合うことになる。

ここで流れていたのは、Moonglow というジャズ・ナンバー。スイング・ジャズ流行の一九三〇年代に作られた曲。やがて、向き合った二人が抱き合って踊り始めると、流麗なラヴ・バラード風のメロディーが、Moonglow に被さるように流れ出す。堪えに堪えていた情念が、ハルの胸の中にしっかりと抱きとめられたマッジという画面となって実現する、その二人の心の逆りを静かに解説するかのような甘いメロディー。これはLove Theme from Picnic という別の曲だ。つまり、二つの曲が組み合わさっているわけである。周りの人々も、何か神々しいものを見るように、二人の踊りに見とれるばかりだ。

二階の八畳でHは、手を叩いて片手を前に突き出しながら階段を降ってくるマッジの踊りを再現したりした。キム・ノヴァック扮するマッジは、まさに、十五歳の少年の官能に激しい衝撃を与える美少女だった。キム・ノヴァック*本人は、当時二十二歳、まあ、十代と思われる可憐な美少女を演ずるには、やや成熟し過ぎていただろうが、わが日本少年としては、そんなことはどうでもよかった。白い肌と紛らわしい薄いピンクのドレス姿で、ゆらゆらとスカートを揺らして、まじろぎもせずにこちらを見つめたまま、一歩一歩こちらに向かって降ってくる、その堪えきれない挑発を、自分で演じることで再現しようとしたのである。

＊　キム・ノヴァック（一九三三年生まれ）は、当時のハリウッド女優では、おそらく随一の美女だったろう。美人美人した女優は何人かいただろうが、彼女のように、絶世の美貌でありながら、痛切に官能を刺戟する女優は、他にいなかったのではないか。ただその割りに出演作は多くない。おそらく『ピクニック』が、はじめて主役に抜擢された作品で、十代の内気な美少女という役と、演ずる彼女の妖艶さとが、複雑な葛藤を見せていた。他に、タイロン・パワーの『愛情物語』（一九五六年）、ヒチコックの『めまい』（一九五八年）などがあるが、前者では、熱愛の果実の出産で死亡する薄幸の美女、後者では、亡くなった恋人に瓜二つの女性が、実は亡くなったはずの恋人その人だったという、捻れた騙し絵の主人公と、どうしても陰のある謎めいた美女になってしまう。

一九五五年には、オットー・プレミンジャー監督、フランク・シナトラ主演の『黄金の腕』にも出ている。これは、麻薬中毒から抜け出そうとする男の苦闘を描いて、アート・ブレイキーの「モーニン」がバックに流れる、鮮烈な映画であるが、実は彼女が出ているのを忘れていた。申し訳ない。

格さん――その後

格さんは、その後も長い間、Ｈの友達であり続けた。Ｈが高校生になってすぐに始めた同人雑誌にも加わったから、そこに集まったＨの友人たちとも知り合うことになったし、大学生になってからも交友は続いた。東京湾の入口を扼する千葉県側の岬の先端の辺りに母校たる高校の臨海寮があったので、大学の友人を誘ってそこに二、三泊したことが何度かあったが、そんな時も、彼はいた。ある夏など、格さんと二人で寮の近くの寺に「民泊」をお願いして、本堂の片隅に寝かせてもらったこともある。手違いで、寮の予約の日にちがずれていたのだろう。その寮には、Hの後輩にあたる女子高校生がグループで泊まりに来ており、Hは結構知られていたので、彼女らと仲良く交流したりしたものだ。高校の部活の後輩で、やたらとキュートな女子がいたが、彼と一緒に彼女を海水浴に誘ったら、意外と簡単にOKした、といったこともある。内気なH一人ではあえてできないことも、彼がいたのでできた、という機制があったようだ。しかし、学部が終わる頃、彼との付き合いは終わる。まあ、言って見れば、恋の鞘当てという奴だった。

彼との関係性とは如何なるものだったのか。彼からすると、文化的に恵まれたHとの親友関係は、損な話ではなかっただろう。学歴的優越を振り回して彼に従属を強いるようなことは、Hはしなかった、と思う。そうした関係の中では、劣位の者が、優位の者の文化システムを全面否認したり忌避したりして、自分から脱落して行くのが、往々にして起こることだったろうが、それはほぼ起こらなかった。だから彼は「大した者」なのだ。家庭の事情で中卒で世に出たが、浮世の汚れを対抗的に誇示することもなく、映画や音楽、場合によっては書物も含めて、高学歴者たるHの文化水準に、彼は屈託なく付いていきていた。そこに彼の知性と、素直な向学心・好奇心、そして毅然たる人格的自尊心を見るべきだろう。実はずっと後になって、今や押しも押されもせぬ電気屋の社長となった彼から電話があって、渋谷で会うことになり、センター街のカラオケ店を紹介された。その店はその後Hの行き付けの店となり、やがて所属大学の学生や職員や同僚にも知られるようになった。要するにHの渋谷での「歓楽」に箔をつけるツールとなったわけである。

三　「ブーちゃん」

少年Hは、「ブーちゃん」と呼ばれていた。

中学に入ってからだと思うが、おそらく高校いっぱい、この「愛称」は続いた。もちろん太っていたからであり、かてて加えて、丸顔で鼻筋甚だ通らず、丸い鼻腔がやや上を向いていたからでもあろう。

数年前に中学の同期会があり、かつての親友の高橋君が実に久しぶりに姿を現したが、その彼にいきなり「ブーちゃん」と呼ばれたものだ。「そんな名で呼ぶなよ」とたしなめると、「いや、僕はこれがいいんだ」と言われた。

彼は中二の時の同級生だが、高校は違っても、高校時代もずっと親友であり続け、彼が高卒で三菱商事に入社してからも、かなり後まで親交は続いた。Hの家でずいぶん遅くまで話をしていて、彼が帰る段になると、送って行くと言って同道し、家の近くまで来ても話が終わらず、互いの家の間を何度か往復する、などということがしょっちゅうあった。一度など、帰り道で警官の職務質問を受けたこともある。かなり遅い時刻に中学生が一人で歩いている、ということだったのだろう。もちろん素直に、友達の家の帰りだと回答したら、それで済んだ。まあ、遅いから気をつけて帰るんだよ、くらいの言葉はあったと思うが。

高橋君の固執

それにしても、一緒に勉強していたわけではないと思う。勉強するべき時間を、彼との話にふんだんに費やしていたのだろう。何の話をしていたのか、あまり覚えはない。一つだけ記憶しているのは、日本文学の作品を、今月は漱石、来月は志賀直哉という風に、月毎に作家を替えて読んでいくよう心掛けているということを、彼は言っていた……とここまで書いてきて、はたと気がついたのは、このエピソード、中学二年生の時のものではないな、ということである。そう考えると、中二の時はまだそれほど彼と親しくはなかったのではないか。となると、今書いたことは、職務質問の件も含めて、高校時代のこととした方がいいかもしれない。漱石や藤村や志賀直哉を月替わりで、という話は、中学生の友達同士の話題にはならないだろう。よほど早熟な文学少年たちでない限り。そしてもちろん、二人はそんな早熟な文学少年ではなかった。

ちなみに彼は、早稲田実業に入って、王貞治の同期生になった。そして早くから、戸塚二丁目にあるYMCA（山手コミュニケーションセンターだろう）の英会話教室に通って、英語力を磨いていた。就職を見据えてのことで、家が裕福ではなく、大学進学は端から諦めていたのだ。Hも彼に誘われて、一、二度覗いたが、それきりになった。レベルが高いのはもちろんだったが、他になすべきことが山ほどあったからである。

　彼が三菱商事に入ってからも、かなり後まで付き合いは続いたが、いつの頃からか途絶えた。最後に覚えているのは、彼が意中の人をコンサートに誘い、プロポーズしたというエピソードだ。結局断られたのだが、別れたあと彼は女を買って、キッパリと諦めを付けた。「女を買う」ノウハウを彼がやすやすと使いこなしていることに、Hはいたく感銘を受けたものだ。その後は年賀状の交換だけが続き、彼は前年の報告を毛筆で細かく認めた年賀状を送ってきた。それによると、近年はシニア野球などで活躍している様子だった。実は件の同期会も、Hが是非にと誘ったものだった。

　久しぶりに会ったかつての親友に「ブーちゃん」と呼ばれて、Hとしては、忘れていた古傷にいきなり指を突っ込まれたような不快な苦痛を覚えた。できれば無かったことにしたい過去を無造作に掴み出された格好だった。こっちは今や、それなりに世間からも敬意を払われる人間になっているんだぞ……というわけだが、しかし彼からすれば、この愛称こそ、かつて親愛の情を育み表現し続けた掛け替えのない呼称だったのだろう。五十年以上の別離ののちに再会した親友は、何の変わりもなくかつてのあの友その人なのだ、それを呼ぶ呼び名は、あの懐かしい「ブーちゃん」でなければならない、この愛称に何の不都合があるというのか。となると、世間的に出世した旧友が、かつて親しく交わっていた時の愛称を否認するという、いささか成り上がり者的な卑劣さと狭量、ということになりかねない。

彼の確乎たる固執は意外だった。彼が、その愛称にそれほど愛着を抱いていたとは思えなかった、というよりむしろ、彼からこの綽名で呼ばれた場面の具体的記憶がないのだ。へえー、そうなのか、というのが、正直な感想、というか、反応だった。あの頃、彼からは「ブーちゃん、ブーちゃん」と呼ばれ続けていたのに、それを抑圧して記憶から消してしまったのだろうか。それとも、実際はそれほどその愛称は発声されなかったけれども、懐かしさを強調するために、今回固執されたのだろうか。

ただ、実際に口にされることは少なくとも、相手をどう呼ぶかは決まっているものである。つまり彼はHのことを、「ブーちゃん」という愛称で把握していたのだ。年賀状が届くと、「ブーちゃんから年賀状が来た」と思ったのだろう。だから、それが否認されると、素直な反発として、「僕はこれがいいんだ」という確乎たる科白が出てきたのだろう。もしその否認を易々と受け入れてしまうなら、自分がかつてこの愛称を用いていたこと自体が否認されてしまうだろう。つまり自分は誤ったことをしていたということになってしまう。だけど君はあの頃、一度だってこの愛称を拒絶したことはなかったじゃないか。何の抵抗も示さない君の容認を、僕は素直に踏まえただけなのに……というわけだ。

今村昌平の「豚コンプレックス」？

「ブーちゃん」というのは、もちろん豚を意味する。これがどんな軽蔑と嘲弄を含意するかは、今さら言うまでもない。デブで醜い人間を指して言う呼称なのだ。関西などでは、「デブ」と言わないで、「豚」と言うらしい。これに「野郎」が付くと、意味は多少軽減されるようで、必ずしも容姿、容貌を指示せず、根性、性格が卑劣で貪欲、さもしいという意味になるようだ。実はHは、テレビの画面などに豚が登場するだけで、心穏やかではなくなる。一緒にそれを見ている者が何を言い出すかわからないという不安に駆られるのである。「汚い、下劣」などと呟く者がいたとすると、かなり激しい憎悪を覚えたりするのだ。

ただ豚は愛嬌があって、可愛いと思われることもある。今村昌平の『豚と軍艦』（一九六一年）には、長門裕之扮するチンピラ・ヤクザが、米軍お下がりの残飯を買い取ってそれで豚を飼うという「組」の事業を担当させられ、トラックの荷台に積み込まれた子豚を管理するために、一緒に荷台に乗り込んで、子豚どもから舐め回されて喜んでいる場面があったが、Hがこの映画が好きな理由の一つは、この場面なのかもしれない。

おそらくこんな場面を撮ることができた今村昌平も、「豚コンプレックス」を抱えた人間なのではなかったか。美しいと見えないもの、とかく醜いと見えがちな現実のどろどろした混沌振り、こうしたものを好んで映像化しようとしたその志向は、現実をたじろぐことなく見詰めようとするリアリズム精神の極致として評価されるだろうが、今村にすれば、それは実は口実にすぎず、むしろ美しく見えないものへの生来の「内臓的*」な愛好の発揮そのものだったのではなかろうか。

＊ この「内臓的」というのは、フランス語の viscère（内臓、はらわた）から派生した形容詞 viscéral の直訳で、まさに「内臓から発する、体の内奥から出てくる、無意識的な、奥深い」という意味になる。辞書に出てくるのは「内臓的な憎しみ」だが、（母親の子供に対する）「内臓的な」愛情、などの例も目にしたことがある。

ちなみに、件のチンピラ・ヤクザの最期は、腹を刺されてよろよろと逃げ回った揚句、水を飲もうとしてキャバレーのトイレに入り込み、水洗の水を便器に流して、それを飲もうと便器に顔を突っ込んだところで息絶える、というものだった。まさにグロテスクそのものの忘れがたい名場面。

同種のグロテスクとしては、『復讐するは我にあり』で、人を殺した主人公（緒形拳扮する）が、ナイフの血糊を自分の小便で洗い流す、という場面があったようだが、実はこれ、テレビで紹介されたのを断片的に観ただけなので、連想するだけに留めておく。果してこれらをグロテスクと呼ぶべきか、グロテスクとは何ぞや、などと、今村流の反審美主義についてさらに論じるのは、ここでは差し控えておこう。

有名人、というか芸能人で、この愛称を負わされていた者としては、新しいところでは、ドリフターズの高木ブーが知られるだろうが、これは本物の芸名で、愛称ではない。「ブーちゃん」という愛称で親しまれた者といえば、市村俊幸を措いて他にいないのではないか。例の黒澤の『生きる』で、志村喬演ずる主人公が初めて「ゴンドラの唄」を歌う場面。癌に侵されて、余命幾ばくもないと宣告された主人公は、残る命を何のために用いるべきかを思案し、これまで押さえつけて来た快楽の追求にこそ用いるべきと思い至るが、いかんせん、実直一筋で生きてきた小役人にはその方途さえ見つからず、馴れない酒場の片隅でひっそりと飲めない酒を呷《あお》るしかない。そんな彼がひょんなきっかけで出会った無頼派作家は、彼の身の上話を聞いて大いに感ずるところあり、メフィストフェレスよろしく、歓楽の道案内を買って出る。こうして、伊藤雄之助扮する作家に案内されたバーだかキャバレーだか——どうやら客は彼ら二人の一行だけのようなので、むしろバーなのだろうが、ピアノがあって、ピアニストがいて、女たちが数人いた——で、彼はこの唄を低い嗄れ声で歌い出す。ピアニストは慌てて曲を切り替えて、歌声に合わせた伴奏を始める。そのピアニストをやるのが市村俊幸だ。

ブーチャン＝市村俊幸

突然、ホールの片隅から嗄れ声の歌が搾り出されるように聞こえてくる。カメラがその声の方向を探るように切り替わると、歌っている志村喬の悲痛な顔が映し出される。と、次のカットはピアノ。画面一杯に長く延びるピアノの左手に、こちらに背を向けてピアノを弾く市村の姿、右側に接客の女が一人、二人ともこちらに背を向けながら、後ろを振り返って、顔をこちらに向けている。ちょうどピアノの鍵盤の列を左右から挟むようにして、ピアニストと女は気味悪そうな顔をこちらに向けており、その姿勢でピアニストはピアノを弾き続ける。それをカメラは次第にズームインしていく。つまり市村は後ろを振り向きながらピアノを弾いているわけである。

戦後ジャズピアニストしてデビューした市村にとって、『生きる』は映画の出世作だったようで、これが好評で、映画俳優としても人気を博すようになり、フランキー堺との「フランキーとブーチャン」コンビで喜劇映画の主役を演じたりしている。テレビタレントとしても活躍、いくつかの番組の司会も務めた。比較的観る機会がありそうな彼の出演作は、川島雄三の『幕末太陽傳』(一九五七年)だろう。例の品川宿の土蔵相模を舞台に、フランキー堺が居残り左平次*を軽妙かつ鮮烈に演じ、石原裕次郎が高杉晋作、小林旭が久坂玄瑞を演じるこの映画のラストシーンに登場するお大尽を演じている。

＊「居残り左平次」というのは、落語の演目。居残りというのは、遊郭で代金が払えない者が、代金が収められるまで人質として布団部屋などに軟禁されること、ないしその当人を意味する。この噺は、同じ貧乏長屋の住人に佐平次が、金もないのに、品川の遊郭に繰り込もうと言い出して、一同どんちゃん騒ぎをするが、翌朝、佐平次は他の者を帰して、自分はさらに泊まり続けた揚句、仲間が金を持って来るというのは嘘で、代金は払えない、と白状して、さっさと布団部屋に入り込んで、自ら「居残り」となる、というもの。

この「居残り」、実は大変な才覚者で、勝手に他人の酒席に入り込んで客の相手を始めると、歌や踊りなどの芸も玄人はだし、客の人気を集めて、ご指名まで出る始末。祝儀などのもらいが少なくなった店の若い衆が、佐平治を追い出すよう亭主に訴え、佐平次は散々ごねた末、金までせしめて、ようやく出ていく。落語は、ここで洒落による落ちで「お時間」となるのだが、落ちのネタバレは差し控えておこう。

映画の佐平次は、結核病みで、裕次郎の高杉晋作に「貴様、質《たち》の悪い咳をするな」と見抜かれるが、一方、「首が飛んでも動いてやらあ」と大見得を切る。川島監督自身、難病を抱えており、四十五歳で他界している。今日なら、「若死」と言われるだろう。

土蔵相模は、東海道品川宿で一、二を争う妓楼「相模屋」。ナマコ壁の土蔵造りであるため、「土蔵相模」と呼ばれた。幕末、長州藩の志士たちの定宿となり、御殿山の英国公使館焼き討ちの出撃基地となった。桜田門外ノ変の襲撃者たちも、前夜にここで宴を開いた。現在の京急線北品川駅の海側すぐ近くにあった。

「こんなになってしまいました」と言って、艶然と微笑んだ

市村は太っていたが、顔立ちはブサイクではなかった。それなりに立派な顔をしていた。だから、「ブーちゃん」の愛称も苦にならなかったのかもしれない。いずれにせよ、この愛称で売れたのだから、芸能人としてのアイデンティティに関わる大切な愛称で、少年時代に汚名のように負わされた侮蔑的な愛称とは訳が違う。それにHは、その愛称に見合って不細工だった。顔が大きく、手足が短い太った体型と、冒頭で述べたような顔貌は、文句の付けようのないほど、愛称に適合していた。後年、大学院生になって、さらに大学教員になっても、例えば酒の席などで、

「このむくつけき大入道、奇怪《きっかい》千万なり」などと揶揄されることが、時としてあった。

そういうことを言った者で今でも覚えているのは、二人である。一人は、Hよりたしか一歳年上の日文科（勤務校では、国文と言わず、日文と言った。見識だと思う）の教授で、後に最高の要職に就く人間だが、仏文科の先輩同僚と親しかったことから、就任早々に紹介されて結構親しくなった。それがある時、酒の席で、「こんな不気味な奴とは酒を飲みたくない」というようなことを言い出したのだ。こんな奴と酒を飲んでいる自分が許せない、といった調子で、溜息を交えて慨嘆するのだった。

この男、美男だった。おそらく彼の審美基準からすると、Hは許しがたい存在だったのだろう。それがキャンパスですれ違ったり、あるいは教職員バスで隣り合わせたりする時、いかにも親しげに話しかけて来るのは耐えがたかった、ということだったのか。つまり彼は、Hの存在を、Hとのそれなりの友人関係を、耐え忍んでいたのだ。かと言って、こちらは忖度して遠慮的振る舞いをするわけにもいかず、第一、そんなことをするのは「人の道に外れる」と思っている。だから、これは互いにどうしようもないことなのである。

案ずるところ、彼のような美男の審美基準が問題、というか、あえて言うなら元凶だったのだ。「彼のような美男の」と言うと、美男を一般化して貶めることになるかもしれないから、「美男である彼の」と言い換えておこう。彼は美男であるが、美男であるということは、美男であることを片時も失念することがない、ということ、自分を何よりもまず美男として定義する、つまり、自分の本質は美男であることにあると自覚している、ということである。そうなると、世界の男という男を、まず第一に自分より美男かどうかで判断することにもなるだろう。明らかに自分より美男な男が目の前に現れると、大いに動揺するはずだが、現実にそんな美男が現れることはなかったのだろう。なぜなら彼は、自分好みの美男であって、彼に匹敵する美男がいたとしても、その男はやや端正すぎたり、逆に色気がありすぎたりで、彼の眼鏡に適う適正な美男はやはり彼自身ということになるからだ。まあ、ナルシシズムの究極の原則という奴だ。

そのことに気がついたのは、彼のあるスピーチを聴いた時だった。たしか校友会の記念式典での来賓挨拶だったと思う。彼は、付属の中高を出て国立大学に進んだ後にこの大学に就任したので、「出身者」ということになる。附属中高で過ごした日々を懐旧した末に、あれから幾星霜、今では「こんなになってしまいました」と言って、彼は艶然と微笑んだのである。「得意げに」と言うべきかもしれない。「あの往年の美少年も……」というあからさまな文言はなかったと思うが、まさにこの文言が暗示されていた。往年の美少年が、すっかり円熟し老成し、今やそこはかとなく哀感漂う老紳士となった、というのならまだしも、六十代半ばのまだまだ精気溢れる壮年の美男が、こう得意げに微笑みながら会場を見渡すその心は、「どうだ、今でも俺はかなりの美男だが、若い頃はこんなものではなかったんだぞ」であるとしか受け取れなかった。要職にある者としての見識のなさ、軽薄さに日頃から不満を覚えていたHは、自分の観察が正しかったことを、再確認した。

正しい美貌と邪淫の美貌

太宰の『人間失格』に、美男をめぐる面白い件がある。主人公（大庭葉蔵という名だが、作品は彼の手記から成っており、その中で彼は自分を「自分」と称している）は、高等学校の学生で、カフェの女給（今ならキャバ嬢か）と心中して、相手は死んだが、自分は生き残り、自殺幇助の疑いで警察の取り調べを受けたのち、検事局（戦前の制度）に送られる。葉蔵は、警察署長に「いい男だ。これあ、お前が悪いんじゃない。こんな、いい男に産んだお前のおふくろが悪いんだ」と言われるほどの美男で、女にもてたが、彼の取調べを行なった四十歳前後の検事も、やはり美男だった。ただし、自分とは異なる「正しい美貌*」と、「自分」は書いている（「もし自分が美貌だったとしても、それは謂はば邪淫の美貌だったに違ひありませんが、その検事の顔は、正しい美貌、とでも言ひたいやうな聡明な静謐の気持を持ってゐました」）。

＊　なるほど、「正しい美貌」か……。アメリカならグレゴリー・ペック、日本なら加藤剛といったところか。「邪淫の美貌」の方は、いくらでもいそうだ。アラン・ドロンは、こっちだろうし、仲代達矢も、どちらかといえば、やはりこっちだろう。となると、「正しい美貌」の俳優は、どうしても大根のイメージが似つかわしくなってしまう。歌舞伎の二枚目というのは、どうしても「正しい美貌」でない方になるだろうが、かと言って、「立役」は美貌とは関係がない。つまり、映画演劇の世界には、あまり「正しい美貌」という概念が入り込む余地がないのかもしれない。そもそも男性の容貌の上に実現する「美」なるものが、色恋、セック

ス、背徳などと関連性が強い、ということなのだろう。要するに「正しい美貌」とは、美貌を意識しない、美貌を重要視しない者の美貌、色恋とは無縁、とは言えないまでも、男女関係に己の美貌を動員しようとしない者の美貌ということになろうか。世の中に、こういう「正しい美貌」の男性は、たしかに存在する。そういうのが、時たま一流企業の役員などにいたりする。「立派な顔」と呼ばれるケースだ。三・一一福島第一原発事故当時の東電会長などは、そうではなかろうか。そういうのは、あまりにもはまりすぎていて、余計な圧力《プレッシャー》を社員に掛けたりするのではなかろうか。

さすが才能ある小説家だけあって、太宰は男の美貌にかなりの見識があったわけだ。この「正しい美貌」の検事は、果して「コセコセしない人柄」で、適正に取調を進めた模様だが、実は葉蔵の「道化芝居」を見抜く、作中の二人の人物のうちの一人となる。葉蔵は、海から救出されて収容された病院で結核が発見され、おかげで警察でも保護室に入れられ、結構、優しい待遇を受ける（これは父親が有力者であったことが、最大の要因だろう）が、咳が出るたび口を覆っていたハンカチに、耳の下にできたおできをいじって出た血が付いているのを悪用して、血痰に見せかける（正確には、血痰と誤解されたのをあえて訂正しない）というようなことをやっていた。

そこで「正しい美貌」の検事の前でも、咳が出て、ハンカチで口を覆ったのだが、「あさましい駆引きの心を起こし」て、偽の咳を二つばかり「大袈裟に附け加え」たところ、相手はものしずかに微笑みながら、「ほんとうかい？」と尋ねたのである。それまで警察署長などを騙し遂せていた「お芝居」をあっさり、しかし何の余計な反応もなしに見抜かれたわけだが、これは痛烈に堪えた。「検事のあんな物静かな侮蔑に遭ふよりは、いっそ自分は十年の刑を言い渡されたほうがましだったと思ふ」ほどだった。

これと並ぶ「自分の生涯に於ける演技の大失敗」は、中学に入って間もない頃、体操の時間のことだった。鉄棒に飛びつくと見せて、そのまま前方へとジャンプし、わざと砂地に尻餅をついたのである。＊皆の大笑いの中、自分も苦笑しながら起き上がってズボンの砂を払っていると、後ろから背中をつつき、「ワザ、ワザ」と囁いた者がいた。竹一という「白痴」に似た生徒だった。日頃、眼中になかった同級生に小細工を見破られて、彼は「世界が一瞬にして地獄の業火に包まれて燃え上がるのを眼前に見るやうな心地が」する。そして、竹一に自分の演技の真相を言いふらされぬよう、彼を懐柔しようと、優しく友達付き合いするようになる。この聖なる阿呆のごとき少年は、果たして非凡な感受性を持っており、その彼から葉蔵は、「女に惚れられる」と「偉い繪書きになる」という二つの予言を下されることになる。

＊　この「故意の失敗」、実際にやってみると、案外難しいのではないか。実はHは鉄棒が苦手で（もっとも体操関係では、ほとんどすべてが苦手だったが）、「居残り」で練習させられても、逆上がりができなかった。ただ、掌の皮膚が角質化しやすいらしく、すぐに指の付け根に胝ができたので、教師はそれを指で触って確かめて、努力はしていると認めて何とか解放してくれる、という有様だったが、高校時代に、この葉蔵少年の「失敗」を真似た、と言うか、真

似ようとしたことがある。ただ、テクストを参照しつつ模倣したわけではないので、だいぶ違うことをやってしまった。葉蔵少年の場合は、案ずるところ、鉄棒はかなり高く設定されており、彼は飛びつく振りをして、そのまま鉄棒の下を「飛び越えた」と言う――これは実際には至難の業と思われる――が、Hの場合は、鉄棒は胸の高さよりやや上くらいだった。だから、両手で鉄棒を握ったまま、その下を「潜り抜ける」ことしか出来なかったのである。満座の爆笑ないし冷笑を買うこともなく、教師には冷ややかに無視、さえされなかった。何しろ不意に思い出して、真似しようと思ったのだから、仕方あるまい。

『人間失格』は、かつて数多の少年たちの「青春の書」だったが、今はどうなっているのだろうか。これは三つの手記（プラス、短い「はしがき」と「あとがき」）からなり、そのうち第二の手記は、まさに中学に入ったところから検事の取調べまでを述べている。つまり、生涯に於ける演技の大失敗のその一で始まり、その二で終わるのである。テクストとしては、この「第二の手記」が一番まとまっていて、バランスよい内的緊張を孕んでいるように思われる。葉蔵は、この事件で高等学校を追われるから、「第二の手記」は、まさに中学と高等学校の時代を語るのであり、この「青春の書」の最も「青春」的な部分をなしている、わけだ。

「阿呆みたいな間抜けヅラ」

ちなみに、これは一九四八年に『展望』に掲載され、第二の手記までが六月号に、残りは七、八月号に載ったが、六月号の発売後に玉川上水への入水心中が起こったため、残りは死後発表となった。生涯最後の「大作」だった。

件の要職者はどちらの「美貌」だったかと言うと、もちろん「邪淫の美貌」の方だろう。十全な「邪淫」とは言えずとも、そのカテゴリーに入ることは確かだ。問題は、「邪淫」の言動があるかどうかでは必ずしもない。Hの容姿を攻撃した具体例の二人のうちのもう一人は、かなり年下のドイツ語教師だったが、この男もやはり美男だった。Hの勤務校には、仏文科はあったが、独文科はなかった。彼は、二外*の「語学教師」ということになる。一時期、第二キャンパスに週一度通う義務が課されたが、ある年度、その彼と同じ曜日にそこに通う巡り合わせとなり、その曜日に通う仲間が第二キャンパス最寄りの駅前で集う懇親会などで同席することがある、という関係となった。その彼が六、七人の酒の席でやたらとHに「容貌批判ないし攻撃」をしたのである。初めは、丸い童顔で子供みたい、という、攻撃とはにわかに判定しにくい「評」に留まっていたが、やがて「阿呆みたいな間抜けヅラ」というような「評言」が飛び出して来た。この「描写」、実は「その通り」としか言いようがない。何かの拍子で、やや上を向いてポカンとしたりすると、まさにそんな間抜けヅラになってしまうのは、当人もわかっていた。

＊　二外とは、第二外国語の略、ということ、今の「若い」人にはわからなくなっているかもしれないので、念のため説明しておこうか。日本の大学は、戦後、大学設置基準で、二言語以上の外国語を必修させるべきことが規定されていた。うち一つはもちろん英語で、これが第一

外国語ということになり、第二外国語は、たいていはドイツ語かフランス語を選択すべきものとされた（スペイン語、ロシア語など、それ以外の外国語はきわめて稀だった）。このため、どの大学でも英語の教員と二外の教員が必要だった、つまり採用しなければならなかった。仏文や独文の学生にとって、この制度はまことにありがたく、大学院を出ればどこかの大学に就任できる可能性が大いにあったわけである。

これに関連して思い出すのは、大学院時代のあるパーティである。早稲田の仏文では、毎年、修士論文の口頭試問の後に「打ち上げ」のパーティが行なわれたので、おそらくそのパーティの席上だったと思う。露文の教授が招待されていて、挨拶に立って、こう言った。「仏文の人は、食えない食えないと言いますが、そんなことはありません。しかし露文は、本当に食えません」。「食えない」とは、学業を終えても、職がなく、食っていけない、の意である。仏文は、第二語学の教師の口があったが、ロシア語を教える大学は数えるほどしかなく、露文をやって大学教員になるのは至難の業だった。然るに仏文の教員たちは、戦前の苦労を強調して、「食えない食えない」とこぼすが、烏滸がましい、というわけだ。仏文の「食えない」ダンディズムをチクリとやったこのスピーチに妙に感銘を受けたものである。

しかし、一九九一年のいわゆる「大綱化」によって、大学は卒業要件単位数一二四を前提に、授業科目区分（一般教育科目、外国語科目など）と修得単位数を自由に決められるようになり、第二外国語の必修を廃止する大学が出現した。もちろん、ステータスの高い大学の多くは、今でも二外必修を維持しているようだが、例えばフランス語を教えない大学も増えており、勢い、フランス語教員の採用も減少しており、フランス語を担当するにしても、別の科目名（例えば、異文化コミュニケーション）で審査されての採用となるケースが増えているようだ。

あおい輝彦や鳥塚しげき風の美少年

実はこの事件の少し後のことだと思うが、文学部長に選出された。学部長になると、当年度の学部パンフレットに大きく写真が載ることになる。そこで撮影が行なわれたのだが、いい写真が撮れなくて、カメラマンはだいぶ苦労をしたらしい。ある年度など、キャッチフレーズをマンガの吹き出しのようなもので囲うというコミックなレイアウトが行なわれたこともある。女子学生が綺麗で洒落ていると評判の大学には、どうにもそぐわないパンフレットが出来上がった。これにはさすがに、いささか申し訳ない気分になったものである。もっとも、十年足らず後に新設学部の学部長に就任した時は、とりたてて容姿が変わったとも思えないのに、そんな問題はいっさいなく、「堂々たる学究」風や、「慈父の如き包容力」風の写真が出来たのだから、やはりカメラマンの見識とセンスの問題だったのだろう。

若きドイツ語教師の「容貌攻撃」には、おそらく、独文科のない大学のドイツ語教師の「恵まれた」仏文科の連中への僻みが露呈した、ということはあったろう。日本における、ドイツ語とフランス語のライバル関係が根底にあることは、言うまでもない。少なくとも、戦前の高等学校（学齢としては、現在の大学一、二年に相当）では、第一外国語によってクラス編成が行なわれ、英語が甲類、ドイツ語が乙類、フランス語が丙類だったが、丙類を設置した高校はきわめて少数だった。戦後、フランス語は履修者数を伸ばし、特に大都市でそうだったが、戦前はドイツ語に比して、圧倒的に少数派だったのである。

いずれにせよ、このドイツ語教員の「批判」が根拠のないものでなかったのは、確かである。そして彼も美男だったが、具体的に言うと、ジャニーズのあおい輝彦やワイルドワンズの鳥塚しげき風の美少年だった。「正しい美貌」でないのはもちろんだが、「邪淫の美貌」と言うには幼すぎる、といったところか。しかし、その美貌が内臓する審美基準からすると、Hのような者が大学教授でございとでかいツラをしているのは、許し難い以前に、考えられないことだったのではなかろうか。その上「あいつ」は、周りの者から結構ちやほやされており、自分もその空気に付き合わなくてはならない。それに引き換え自分は、専門学科に所属しない二外の教師の身分に甘んじなくてはならない。そんな鬱屈が、酒の席で、誰もが口にしない「真実」（王様は裸だ）を口にするという義務を敢然として果たす「勇気」をもたらしたのだろう。

その後しばらくして、彼はキャンパスを去った（ようだ）。より良い条件のポストが見つかったのだろう。Hも多忙を極めていたので、彼の消息を尋ねる余裕はなかった。ただ、己が身に受けた「容貌攻撃」の主体が、二人とも同じタイプの美貌、つまりお目々ぱっちりの、いわゆる

「濃い」顔であるのは、気になるところではある。いわゆる、面長で切長の目の「苦み走った好い男」系の美男――「正しい美貌」ともちょっと違うようだ――から、その手の攻撃を受けた覚えはない。まあ、事例が少ないから、何らかの「統計的」意味を引き出すことはできないだろうが。

＊ ジャニーズという名称は、日系二世のジャニー喜多川が、住んでいた代々木のワシントンハイツで、近所の子供たちに野球を教えていたチームの名。あおい輝彦の提案で命名したという。ジャニーと少年たちはその頃、『ウェスト・サイド物語』を観て感激し、チームのメンバー四人で歌と踊りのグループを結成して、「ジャニーズ」と名乗った（一九六二年）。これが日本の男性アイドル文化を作り上げた「大ジャニーズ帝国」の出発となったので、彼らは「初代（元祖）ジャニーズ」と呼ばれたりする。

ザ・ワイルドワンズは、一九六〇年代後半にブームとなったグループ・サウンズの一つ。六六年に『想い出の渚』でデビュー。この歌は今でも人気があり、Hも好きで、これを歌ったら泣き出してしまうかもしれない。鳥塚しげきは、そのギターとヴォーカル。

ブス攻撃は、悪の告発か？

自分が受けた「容姿」ハラスメントについて長々と書き連ねたのは、何らかの「改善」を目指して「告発」しようというのではない。人は不断に美醜を判定しており、美しいものを好み、そうでないものを嫌うのは、自然なこととしか言いようがない。問題は、美醜とは異なる、ないし無関係のもの、能力や資質や徳性に関わる事案の判定に、美醜という要素が混入することである。これが人事ならば、不当な人事として批判や糾弾の対象となろう。しかし知事や議員の選挙といったものにも、美醜という要素は混入して来るが、政策とか人柄とかいった要素の中に紛れ込むので、析出して明示することはできない。いずれにせよ、民意だから、無条件で尊重されることになる。

もう一つ、容姿そのものが、あからさまに揶揄・攻撃の対象となるという問題がある。ブス、ブサイク、デブ、チビ、ハゲ、短足（今でも通用するだろうか？）等、容姿への揶揄・攻撃が、職場で上司からなされたとすると、これは明らかにブラックなハラスメントとして、糾弾の対象にはなる。しかし実際は、容姿がそれ自体として「独立して」攻撃されるということは、そんなに多くはないのではないか。失敗や誤りや能力不足を批判する際に、補足的ないし状況的欠陥として、容姿が引き合いに出されて巻き添いを食うということなのではなかろうか。容姿というのは、個人の人格そのものを構成する「内在的」要素であり、例えば身体障害のように、一個の人間の人格に外側から襲いかかった「悪」ではない。人格から切り離して、客観的問題点として対象化することはできず、「自己責任」の部分と「宿命」の部分が分かち難く融合している。それゆえ、「容姿」ハラスメントは、身体障害者や性的マイノリティへの差別、あるいは民族的・人種的差別のように、普遍的な問題として、把握し取り組むことが困難なのである。

この手の攻撃でよく目にするのは、当人が気づいていない「醜さ」を指摘しようとする場面である。例えば、昔、行きつけの飲み屋の女将が結構不美人だった。常連客はそんなことに頓着せずにやって来て、店は和気藹々と繁盛していた。そこにある晩、新入りの客が連れられて入って来て、カウンターに座ってしばらくすると、目の前の女将に「あんた、ブスだなあ」と言い始めた。もちろん女将は、そんな「不規則発言」を無視したが、まるでよく聞こえなかったとでもいうように、客はしつこく言い続けたものだ。すぐ隣に座っていたHは、たまりかねて介入しようかと思い始めたが、幸いその前に連れがうまく処理したらしい。よく覚えていないが。

この「ブス攻撃」には、どこか「悪の告発」のようなところがある。飲み屋で客を接待すべき女は、美人でなければならない、とは言わないまでも、ブスであってはならない。ところがこの女は、ブスのくせに、素知らぬ顔で接客しており、客もそのことを良しとしているではないか。もしかして当人も客も、そのあってはならないことに気づいていないのではなかろうか。だから、「王様は裸だ」と喝破するのだ、というわけだ。社会正義に関わる暴露なのである。そして、バーとか飲み屋とか、その手の店には、案外「ブス」が多い。そして、客から愛されている。

Hが受けた攻撃にも、そうした気配があった。こいつ醜男のくせに一丁前の口を聞くではないか。お前のような奴は、隅に引っ込んで、おどおどしているべきなのだ……。例えば、そういう男が飛び切りの美女に惚れて、アプローチしようものなら、家《うち》へ帰って鏡と相談して来い、と言われるだろう。身分不相応な、分を弁えない奴、というわけだ。実際Hは、そういう意味でも、その他のさまざまな意味でも、分を弁えない人間だった。だから、Hが受けた攻撃は、男一匹、眉間の傷*かもしれない。名誉の負傷なのだ。

＊　眉間の傷、と言えば、ご存知、旗本退屈男、早乙女主水《もんど》之介である。佐々木味津三《みつぞう》の小説を、市川右太衛門が主演作として制作、彼の当たり役となった。眉間の傷は、長州藩の侍七人と斬り合った時に受けた傷で、「天下御免の向こう傷」と豪語。「この眉間の傷が目に入らぬか」が決めゼリフで、遠山の金さんの桜吹雪の刺青、水戸黄門の印籠と並ぶ、名トレードマークとなった。一九三〇年から六三年まで三十三年間で三十本の映画が撮られた。戦中戦後のブランク（一九三八年から五〇年）を考慮すると二十年で三十本の計算になる。一人の俳優が同一人物を演じるシリーズとしては最長（最多数）記録。なお佐々木味津三は、『右門捕物帳』の作者でもある。

醜男サルトルのケース

例えば、醜い者にも、醜いものを醜いと言うことは許されるだろうか。不細工な顔の男が、自分よりも不細工な男を「不細工」と言うことは、許されるような気がするが、自分ほど不細工でない男を「不細工」と言うのは、どうだろうか。権利はある、何故なら、醜いというのは「客観的」な事柄であって、発言者自身との比較によって左右されるものではないからである。体重五十キロの男だって、体重五十二キロの痩せた男のことは、やはり「痩せっぽち」と言うだろう。

これを「デブ」と言ったら、おかしいということになる。しかし、実際上は、醜男は、男にせよ女にせよ、他人を「醜い」と言うことが許されない、その権利を認められない、というのが実情だろう。

女性について「美人でない」と言うのは、必ずしも「ブス」だと言っていることにはならない。「美しくない」イコール「醜い」ではないからである。世の中には、美しくもなく醜くもない「普通」というものがある。そして、大多数の者は普通なのだ。以前、テレビで地方局の女子アナウンサーが、「美人アナウンサー」と紹介されて困っている、とこぼしている場面を観たことがある。別に過剰な謙遜の演出ではなく、誠実な悩みの吐露であることは、彼女の容貌から判断できた。Hは比較的鷹揚に「美人でない」と言ってしまうが、それはまさに「普通だ」という意味だ。特に女優やタレントについて、特に大して美人でもないのに、美人扱いされている時などに、そう言ったりする。世間の誤った判断を正す、くらいの感じで、まあ言ってみるなら、「正義の行為」なのだ。現実生活の中で出会う女性について、そんな発言をすることがないのは、いちいち美人か否かを言う必要はないからである。

逆に「綺麗だ」と言ったからといって、ことさら褒めているわけではない、という場合もある。「綺麗だ」、ただそれだけだ、それ以上の意味はない、というわけである。つまり、「美しい」こと、つまり美とは、必ずしも善や真という価値を内包するわけではない、真善美の三位一体は自動的に成立するわけではない、というのだが、正直、これはかなり誤解を生む難しい立場ではある。まあ、そんなにしゃかりきになることではないが。

サルトルが醜男であったことは、よく知られている。サルトル自身が『言葉』の中で伝説化したエピソードは、こうだ。七歳になるまで、プールー（少年サルトル）は、母親の好みで、女の子のような長い髪をしていた。祖父は常日頃それに苛立っていたが、ある日、二人で散歩に出た際、少年を床屋に連れ込んで、女の子のような長い髪を切らせたのである。「さあ、お母さんをびっくりさせよう」と言われて、上機嫌で帰宅したプールーの顔を見た母親は、「叫び声を立て、キスもしてくれずに、部屋に引っ込んで泣いた」（『言葉』澤田直訳、人文書院、二〇〇六年、八〇頁）。女の子のような美しい巻毛が、彼の醜さを隠していたが、今やそれは明白な事実として突きつけられた。祖父は小さな宝物を預かったのに、ヒキガエルを返したわけである。

醜さの自己発見はいつのことだったか?

この醜さの主たる原因は、右目の斜視で、四歳の時に罹った流感の後、角膜に白斑ができて視力も損なわれたのである。もっとも、少年が己の醜さに気づくのは、だいぶ後の、十二歳になってからだったようだが、サルトルが己の「醜さ」の最初の発現として演出したのは、この床屋がらみの「伝説」である。『言葉』の発表以来、この伝説は知れ渡り、サルトルの「醜さ」も隠れもない事実となった。例えば、サルトルと親しい友人も、それを面と向かって話題にすることを遠慮しない。映画『サルトル——自身を語る』（海老坂武訳、人文書院、一九七七年）の中で、アンドレ・ゴルツは、「『言葉』で語っている醜さの体験*」について堂々と質問している（一六頁）。これはもちろん、サルトルとその仲間の信条たる明晰の原則の誠実な行使に他ならない。

＊　この件、細部にこだわると、いくつかの齟齬が見えてくる。例えばゴルツは、「十一歳の頃に、何らかの腐食性の酸（un acide rongeur）のように介入して来た」と言っているが、これは文献に当たりながらの引用ではなく、言わば「空覚え《うろおぼ》」による談話にすぎない。『言葉』には、一九一五年十一月に起こったある「事件」の後に、少年（十歳になる）が鏡に向かっていろいろ「変な」表情をしてみて「かつての微笑みを抹消するために、自分の顔に硫酸をかけるのだった」（澤田訳、八四頁。訳文は変更されている）とあるが、それがゴルツの発言に対応する件だと思われる。また、この質問に答える中でサルトルは、八歳の頃に、あちこちに仲良しの女の子たちがいて、祖父はその子たちを少年の「フィアンセ」と呼んで悦に入っていたことを語りつつ、その後で「あの突然の断絶」が起こった、と述べる。サルトルの「醜さ」の物語には、いくつもの年齢・日付が錯綜しているが、これは、人は子供の頃の出来事の時系列を正確に覚えているわけではない、ということで説明がつくことでもあろうが、この際、もう少し整理してみよう。まず、七歳の時の「醜さの発現」（床屋で長い髪を切らせた一件）は、直ちに幼少のプールー（サルトル）の「醜さの自己発見」ではなかったという点。母は、キスもしてくれずに部屋に引っ込んで泣いたその理由を、プールーに明かすことはなかった。「私がそ

れを突然知らされたのは十二歳になってからのことにすぎない」(澤田訳、八四頁)と、サルトルは述べる。つまり、サルトル少年が自分の醜さに気づいたのは、十二歳の時のことだということになる。

この発言に続いて、少年サルトルが違和感を覚えた出来事の思い出が語られる。一つは、九歳の時の愛国的な芝居の上演で、どうやら年長のベルナールに人気が集まった(つまりベルナールの後塵を拝した)ことを感じ取ったサルトル少年は、ベルナールの付け髭を引っ張って奪い取り、満場の非難を浴びる。もう一つは、例の十歳(一九一五年十一月)の時の出来事で、家族の友人からプレゼントされた質問帖の「最も大切な願いは」との問いに対して、「兵隊になって、死者たちの弔い合戦をすること」と答えて、「本当の気持ちを書かなければだめなのよ」とたしなめられたことである(八一〜八四頁)。両方とも、受け狙いの工夫が裏目に出た事例で、それまでは可愛さ故に許され、もてはやされたことが、同じ迎合に迎えられなくなったわけで、これは「可愛さ」の縮小ないし消滅の証左だった。可愛かったプールーは、通用していた手が受けなくなった「年をとりはじめた女優の苦悩」を、味わったのである。そして、この二つの出来事それぞれの後に、少年は独り部屋に引っこんで、鏡に向かって「百面相」をする。顔を歪めたり、皺をよせたりして、自分の顔に硫酸をかけるのだった。ただし、これはあくまでも現在のサルトルが少年の挙動を分析しているものにすぎず、当の少年が明瞭に「己の醜さ」を自認したということではない。

その自認は、上述のように、十二歳の時に行なわれることになるらしいのだが、どうもそれらしい具体的な出来事は登場しない。と言うより、十二歳というのは、『言葉』というこの自伝の最終年齢なのである。サルトル少年は、一時リセに入ったものの、その後は私塾や家庭教師という不規則な教育システムで教育を受けていたが、一九一五年十一月（「十歳三ヶ月」とサルトルは書いているが、「五ヶ月」の誤りであろう）にリセ〈アンリ四世〉の第六学級に入学する。そして二年後の一九一七年十一月、十二歳の時に、ラ・ロシェルのリセに転校する。母の再婚に伴う措置であった。しかし、この大事件は『言葉』には一切述べられていない。この間のことで語られる具体的な事柄は、リセの友人たちのこと、第五級の途中でポール・ニザンが転校してきたことくらいだ。ラ・ロシェルという地名も一度だけ、何の説明もなく発声されるにすぎない。ただそれは、一九一七年のある朝に起こった、少年の思念の中での神の消失という重大事件の舞台となっている（二〇〇頁）。これは、失われた神に代わって、聖なるものとしての文学に身を捧げるという結論的な選択の表明に関わるのであるから、これこそ例の十二歳の年の決定的な醜さの自認という出来事に接続していくのかと、期待したくなる。

ところが、その後に続いて述べられるのは、以下のような文言である。「私を包み込んでいた、ものを歪曲する透明性が、どんな酸によって腐食されたか、……自分の醜さ——これは長いこと私の主な陰画《ネガ》で、神童が溶け込んだ生石灰だった——をいつどのように発見することになったか、いかなる理由で一貫して自分に逆らってものを考えるようになったか、こういったことをいつか語る機会があるだろう」（二〇二頁。訳文は変更されている）。「どんな酸」という、ゴルツの言う「腐食性の酸」やサルトルの言う「硫酸をかける」に呼応する語が姿を見せるのは、意味深長だし、また、「自分に逆らってものを考える」という、重要なサルトル的テーマが言明されている。しかし、「醜さの自認」について語るということは、いつとも知れぬ未来に先送りされているのである。何やら拍子抜けするではないか。まあ、サルトルがこれらについていつ語ることになったのか、を考究しようとするのは本稿の枠を大幅にはみ出すことであろうから、この辺にしておこう。

アンドレ・ゴルツ（一九二三～二〇〇七年）は、裕福なユダヤ商人の父とカトリックで反ユダヤ主義者の母という矛盾的なカップルからウィーンで生まれたが、戦後フランスに帰化、経済ジャーナリストとしての活躍を経て、労働者自主管理の理論家、次いでエコロジーの理論家として知られるようになった。処女著作『裏切者』（一九六七年）は、サルトルの序文付きで出版され、彼は『レ・タン・モデルヌ』誌の編集委員になる。二〇〇六年、五十八年間連れ添った妻ドリーヌへの「ラヴ・レター」たる『Dへの手紙』（邦訳『また君に恋をした』杉村裕史訳、水声社、二〇一〇年）を出版、ベストセラーとなったが、翌年九月、自宅のベッドで愛妻と二人並んで死んでいるのが発見された。妻の不治の病が悪化して死期が迫るのを悟り、作品の末尾の「どちらかが先に死んだら、その先を生き延びたくはない」という言葉を実行に移したのだろう。実に圧倒的に感動的である。

「アルブマルル女王、もしくは最後の観光客」

ゴルツの質問に答えてサルトルは、自分の醜さは、運命の一部だ、偶然性だ、としつつ、「自分の醜さを悲しんだことはない」と述べ、己を美しいと思う若い娘たちについて、それは「神聖化」であり「疎外、自己喪失（aliénation）」であると、示唆している。すなわち、神聖ならざる人間が己を神聖なものに祭り上げるという、人間たることの喪失、ないし、人間の本来性・真正性を身体に仮託してしまうこと、というほどの意味であろうか。自己神聖化ということなら、神ならぬ人間たる「自分」をあたかも神のように崇め奉る、ということだから、フェティシズム（物神崇拝）の一種、まさにオートフェティシズム（自己物神崇拝）であるとも、言えよう。サルトルはまた、これに続けて、『アルブマルル女王』*に言及している。「美しいとはどういうことか、醜いとはどういうことか」について論じた原稿（本）として。ご存知の方もいらっしゃると思うが、この本は、筆者がかつてその翻訳を同人誌『飛火』（四二号〜四五号、四七号）に掲載している。そこで、この主題に最も対応すると思われる部分を、ここに紹介したいと思う。

＊　この作品は、『アルブマルル女王、もしくは最後の観光客』と題するが、一九五一年にサルトルが行なったイタリア旅行を素材として書き進められた「後験的」（後から書かれた）日記の試みであり、サルトル自身が「新たな『嘔吐』」と称し、ボーヴォワールも「彼の壮年期の『嘔吐』」と証言している重要なテクストである。「新たな『嘔吐』」と称する理由は、ご承知の通り、『嘔吐』は、アントワーヌ・ロカンタンという名の人物が書いた日記、という仕立ての

小説であり、日記に相応しく、アトランダムに取り上げられた雑多な主題についての記述が、日付という時系列だけで連なって行くのだが、その点が同じ、というのが一つ。もう一つは、『嘔吐』の最大の主題は、見慣れた外観という、人間が事物の上に被せた知覚ないし認識の刻印を突き破って、事物そのものの「真の姿」が露呈する、いわゆる「現実存在の開示」であるが、これに類する件ないし場面がこの作品にも含まれている、ということである。

これの執筆が中断され、どうやらそのまま放棄されたきっかけは、一九五二年五月に起こった反リッジウェイ・デモ**で、共産党の指導者、ジャック・デュクロが逮捕された事件である。ローマ滞在を楽しみながら、これの執筆を続けていたサルトルは、この報に接して急遽パリに戻り、「共産主義者と平和」の執筆に没頭する。これと同時並行的に、例の「サルトル・カミュ論争」が起き、翌年のいわゆる「サルトル・ルフォール論争」、メルロー＝ポンティとの決裂へと続く、サルトルの「共産党同伴者」時代が始まる中で、一方ではのちに『言葉』として形をとる自伝執筆の計画が抱懐されるようになり、これが『女王』に替わる主要な文学的作品計画となって行ったのであろう。

「アルブマルル女王」という奇妙な名称は謎である。エルカイム＝サルトルも、プレイヤード版の解説者、ジル・フィリップも、いろいろな検討を加えているが、ここでは、「謎である」で済ませておいて差し支えないだろう。

書誌的詳細は省くが、定本たるプレイヤード版『サルトル、『言葉』を初めとする自伝的著作』（二〇一〇年）に見える形では、これは「発表された諸ページ」と「見出された諸ページ」からなる。前者は、『シチュアシオンⅣ』に所収の「カプチン修道女の土間」と「ヴェネツィア、わが窓から」であり、後者は、「ナポリ」「カプリ」「ローマ」「ヴェネツィア」の四部分からなる。以下、引用のページ表示は、『飛火』四四号のページを示す。

＊＊反リッジウェイ・デモは、リッジウェイ将軍の欧州連合軍最高司令部（ＳＨＡＰＥ）司令官としてのパリ着任に抗議するために共産党と労働総同盟（ＣＧＴ）によって組織されたデモ。リッジウェイは、トルーマン大統領と反目して解任されたマッカーサーの後任として、アメリカ極東軍総司令官（朝鮮戦争における国連軍総司令官を兼ねる）に着任、日本の占領行政に当たり、サンフランシスコ講和条約によって日本占領の終了を実現した当事者であるから、日本戦後史に関連の深い人物である。日本の次に、アイゼンハワーの後任として、ＮＡＴＯの軍事組織の最高司令部たるＳＨＡＰＥに着任するのだから、リッジウェイは、第二次世界大戦の対ドイツと対日本の二人の米軍最高司令官の跡を二つとも襲ったことになる。フランス共産党の彼への反発は、ソ連、中国、北朝鮮を相手にした朝鮮戦争の最高指揮官だったことを口実とするのだろう。
デモの際、共産党書記長代理のデュクロは、彼の自動車から拳銃、棍棒、無線機とともに二羽の伝書鳩が発見されたため、暴動扇動の現行犯で逮捕されたが、その鳩は、実は田舎の友人から送られた食用の鳩だったという。このような弾圧の口実のバカバカしさが、サルトルの怒りを爆発させた。

無差別で偶然の発芽の狂乱

それは「ナポリ」の部分が後半に入った辺り、観光客サルトルは、有名なガレリア（ウンベルト一世のガレリア）を後にして、ローマ通り（現在のトレド通り）を横切り、どうやらヴォメロの丘の斜面に広がる街区（スペイン街区）へと入っていく。ナポリの最も庶民的ないし「貧民窟的」界隈である。サルトルはナポリを、「完全に個体的とも完全に集団的とも言えない……有機体の生」（七三〜七四頁）を生きる、群体珊瑚のコロニーのようなものと言っているが、その下等動物のコロニーのような様相がナポリでも最も濃厚な街区なのだ。雑然と建ち並ぶ石造りの家屋の家並みは、植物群落という「熱帯地方の癌」の増殖を思わせる、石の熱帯じみた増殖に他ならない。

洗濯物は、向かいの家の窓に掛け渡したロープに掛けるが、風を受けて膨らんだそれらの洗濯物の下を歩くと、「まるで水中で珊瑚の間にいるような気になる」。すれ違う住民は、「柔軟な長い腕を静かに、ゆったりと動かす蛸」のようで、「己の生命活動から排出された残骸に囲まれて」「かすかに震え戦き、呼吸をし、消化をしている」。ここでは、どうやら通行人は、個人のアパルトマンの中まで入り込めるようで、上半身裸で髭を剃っている男やら、ベッドで苦しんでいる女やら、押し黙って食事をしている家族やら、死んだ子供やらが、平気で目に入るのである。この辺は、もしかしたら、高度成長期以前の日本の庶民街の様相とよく似ているのではなかろうか。夏の下町の横町――親父たちは団扇片手に縁台で将棋、開けっ放しの茶の間は食事中、玄関も開けっ放しで、カミさんたちは立ち話――に外国人が迷い込んだなら、斯くもありなん、という気がする。

ここの住民は大部分、醜いが、その醜さは、顔の作りから来るのではなく、疲労と貧困から来るのだ、と書いた辺りから、問題の件が始まる。以下の通り。

「それはよりむごたらしいが、同時により詩的な醜さ、疲弊の、退化の、梅毒の醜さなのだ。

……

鼻をあらぬ方へ引っ張り、唇を膨らませ、頬をいぼで覆い尽くしてしまう、人知れず起こる発芽の狂乱を感じるのだ。いまここに、ばかでかい不様な唇の上に鼻が発芽している男がいるかと思えば、もう一人、あまりにも長い、あまりにもこけて窪んだ、眼球突出症の顔をして、耳のでかい男がいる。これらの顔はどれも、自然の残酷で冗談半分の思念であるように見える。時々、稲妻のように、若い男の惚れ惚れするような顔が目に入る。しかしほとんど美しすぎる、淀んで腐りかかった香水のように、とろりとして柔らかく、毒を持った顔なのだ。こうした狂った美しさもまた、発芽の狂乱の結果であって、顔というものが、隣りにいる男の身には醜悪なものとなって生えたのと同じ理由で、この男の身には素晴らしく美しいものとなって生えた、とでもいうようだ。この印象に間違いないと思わせる要素は、彼らが誰も、この眩いばかりの美しさに気づいていないらしいことである。イタリアでは男性の美しさは二束三文であることに、私はこれまでしばしば気づいたものだ。素晴らしく美しい顔が、映画を作るのに選び出されるのは、アメリカの映画会社のためなのであって、イタリア人は、そんな顔より、アメデオ・ナザーリ*の方が好

きだ。」（八〇頁、傍点は引用者）

＊　アメデオ・ナザーリ（一九〇七〜七九年）は、フェデリコ・フエリーニ監督、ジュリエッタ・マシーナ主演の『カビリアの夜』（一九五七年）で重要な役を演じたようだが、残念ながら、その顔に記憶はない。ネットで彼の画像を検索して、どんな顔かはわかったが、それでも映画の中の彼には覚えがない。『カビリアの夜』のDVDでも買おうか、と思っていたら、NHKのBSシネマで『ニュー・シネマ・パラダイス』（一九八八年）を昼寝がてら観ていたら、劇中（映画中？）で彼の映画が上映された。どうやら、イタリア語タイトルはCatene（鎖？）らしく、この作品中スクリーンに映される映画の中で「上映時間」が最も長いもののようだ。改めて彼の人気の一端に触れたような気がした。それで英語と仏語とイタリア語のWikipediaを覗いてみると、一九四七年には『大尉の娘』（もちろんイタリア映画）でプガチョフを演じたりしていた。長身でがっしりした体躯、面長で切れ長の目、エロール・フリンをさらに男っぽくした感じ、と言おうか。日本で言えば、今なら長谷川博己、「中古」なら高倉健、「太古」なら佐分利信といったところ、要するに「苦み走った好い男」の系列である（そうなると長谷川博己は、ちょっと違うか？）。

無様で醜い片端の顔貌と、美しすぎる若者の顔、このいずれもが「発芽の狂乱」の結果であって、まったくの偶然。何らかの合理的理由があるわけではない。眼球突出症の醜悪な顔と、この美貌とは、互いにまったく等価であって、優劣の観念が入り込む余地のない、まったく無差別で、どちらでも構わない、そうした事柄なのだ。

『嘔吐』――ド・ロルボン侯爵の蠱惑

美というもの、少なくとも人間の顔貌の美というものの無差別化、価値を付与することへの拒否、もしくは、美というものの機能解除（脱機能化）……これも一種の脱構築と言えるだろうか。こうしてサルトルは、己の人格の上に降りかかった「美」という火の粉を、無効化した。もし火の粉なら、燃え広がることなく、熱くなく、皮膚を焼くことのない、人畜無害の火の粉にしたわけである。

Hは仏文の学生の時、サルトルに「惹かれ」、学友と『存在と無』の輪読会を始め、西哲にいらした『存在と無』の訳者の授業を選択したりして、最終的にサルトルで卒論を書くことになった。「惹かれ」た、と書いたが、むしろ当時サルトルが体現していた「約束」、すなわち「世界の真相を理解する鍵」を委ねてくれるという約束に引きつけられた、と言うべきだろうか。もちろん、『嘔吐』など小説や劇も読んだが、『嘔吐』で特に気になったのは、主人公アントワーヌ・ロカンタンの歴史研究の主題たる、ド・ロルボン侯爵である。

「ロルボン氏はたいそう醜かった。王妃マリー・アントワネットは好んで彼のことを、私の《大事なお猿さん》と呼んだ。にもかかわらず、彼は宮廷のすべての婦人たちをものにした。きわめつきの醜男ヴォワズノンのように道化を演じてそうしたのではなく、強烈な磁力で彼女たちを惹きつけたので、征服された美女たちは途轍もない情熱に身を焦がすことになった」(『嘔吐』鈴木道彦訳、人文書院、二〇一〇年、二四頁)。

ロカンタンは、この文でロルボンに惹きつけられた。これはある歴史研究書に見える、ド・ロルボン侯爵についての註とされる(ただし、この人物もこの研究書も註も、サルトルによる創作物)が、これに続けてド・ロルボン侯爵の生涯を要約している。彼は、アンシヤン・レジームの宮廷人で、フランス革命期にはロシアやインドやシナやトルキスタンで密売や陰謀やスパイ活動をした後、王政復古期のフランスに舞い戻り、ルイ十六世の娘で、革命を生き延びたアングーレーム公爵夫人の腹心となって、宮廷で栄華を極め、一八二〇年に七十歳で、芳紀十八歳の美女と結婚。それから程なくして反逆罪で投獄され、獄中で没する。

何とも蠱惑的《こわくてき》な人物ではなかろうか。陰謀やスパイ活動という闇と、宮廷を牛耳る最高の貴婦人の信頼を得ての宮廷での栄華という光輝の、怪しげな組み合わせもさることながら、何と言っても、「たいそう醜かった」にも拘らず、美女を魅了し征服したこと、これがその蠱惑の理由のはずで、あまつさえ、七十歳で十八の美女を娶るという、ほとんど呆れるほどの「離れ業」には、「男なら」誰もが魅了されるだろう。とりわけ醜男は。

Hもこれを読んで、ロルボンに惹きつけられつつ、『嘔吐』という作品に惹きつけられた。『嘔吐』を読む意欲に大いに燃えていたが、読み出してすぐに出会ったこの人物が、その意欲に油を注いだ、と言うべきだろうか。当時サルトルは、醜男で通っていなかった。少なくとも、遠い日本の学生にとっては。白人はたいてい端正に見えるものだ。だから、日本の学生には、いかにサルトルが不細工かはよくわからない。いかにカミュが、ハンフリー・ボガート似の苦み走った美男であるかがわからないのと同様に。

ロカンタンも、醜男とは思えなかった。なにしろ、ビストロの女将の「セックス・フレンド」なのだから。夕食後にビールを給仕する女将に、「今晩、暇はあるかい」と言うだけで、そのまま二階に上がって、彼女と寝ることができるのだから。これも男にとっては、羨ましい立場ということになろうが、ロカンタンが醜男でない証拠とはならない。とは言っても、美男のモテ男ではないまでも、少なくとも醜男ではない、と推定させるのではなかろうか。いくら女将が好色で、日に一人の男が必要なのだとしても、だ。また彼は、結構、腕っ節の強いタフガイのようでもある。何しろ、図書館で「チビのコルシカ人」の首根っこを掴んで、吊し上げるのだから。いくらチビでも、なかなか吊し上げられるものではない。しかし、この文を読んでロルボンに熱烈に惹かれたところからすると、やはり彼も醜男のカテゴリーに入る人物なのではないか、との漠然とした疑念が生じたわけである。

ここで参考までに、関連の件を引いておこう。ロカンタンが己の顔を鏡に映して見つめる場面だ。

「この顔が、私にはさっぱり理解できない。他人の顔は意味を持っているが、自分の顔はそうでない。私には、それが美しいのか醜いのかさえ決められない。たぶん醜いのだろう。人にそう言われたことがあるから。しかしそれはピンと来ない。実は、その類いの性質をこれに与えるなどということ自体が、不愉快なのだ。まるで土くれか岩の塊を美しいとか醜いとか呼ぶように。……叔母のビジョワは私が幼かったころにこう言った、『あんまり長いこと鏡で自分の顔を眺めていると、猿が見えてくるよ』と。……いま見えているものは猿よりずっと下等で、植物界とすれすれの、腔腸動物《ポリープ》のレベルにある」（『嘔吐』鈴木道彦訳、三一～三二頁、訳文は一部修正）。

さらに彼は、鏡に向かってしかめ面をしたり、頬をひっぱったりするのである。十歳の少年サルトルが、鏡に向かって「変な」表情をしてみて、「自分の表情に硫酸をかけ」（『言葉』八四頁、前出）たという、あの経験の具体的記述と言えよう。この節の最後でロカンタンは、自分の顔のことを、「人間なき自然」（『嘔吐』三四頁）に擬しているが、ことほど左様に、この鏡の中の自分の顔との睨めっこは、事物に人間が被せた認識の覆いを突き破って、事物が己の「真の姿」を露呈させる「現実存在の開示」の、伏線であり最初のステップなのである。

その後、サルトルが醜男であるということは、『言葉』（一九六三年）の発表によって、天下公認の事実（まさに évidence ）となった。誰もがそう思っても構わない、ようになったのである。サルトルその人に即して言えば、醜男であることを自認しても、実生活上さしたる不都合を感じない年齢（五十三歳）に達した、その結果、例えばアンドレ・ゴルツの不躾な質問などが、素直に通用する環境が整った、ということだろう。さらに言うなら、サルトルが名実ともに「醜男」

になるのは、まさにこの頃からで、壮年期にはまだ漂わせていた、精悍な男でございますといった軽いマッチョ主義（machismo）が跡形もなく消え失せて、その無様な顔貌は、無害で、庇護の必要な老人の風情を漂わせるようになり、laideur attendrissante（こちらを優しい気持ちにさせる醜さ）などと言われるようになる。こうして彼は、己の醜さを昇華した。

今にして思えば、ロルボンに惹かれるということは、醜男に共通する行動様式だった。つまり、ロルボンに惹かれることを通して、Hはロカンタンに共感し、併せてサルトルに共感したのである。

「ブーちゃん」という渾名は、いつ頃発生したのか？

何はともあれ、少年Hは「ブーちゃん」と呼ばれていた。

ただ、具体的に誰にそう呼ばれていたか、あまり思い出さない。中二から高校時代の親友たる高橋君が固執するほど愛着があった渾名だから、当然、その時期にそう呼ばれていたはずなのだが、その頃の友人の誰彼を思い浮かべてみても、その口が「ブーちゃん」という渾名を発声している映像は浮かんでこない。唯一「思い当たる」のは、大学で親友になった芳川君の口から、この名が発声されている映像である。彼のマイルドな顔と声で、「そうそう、それはブーちゃんの……」と言っている音響付き映像は、何やらはっきりと浮かび上がってくるのだが、大手出版社に就職した彼は、もうずいぶん前、たしか定年以前に亡くなっているので、確かめるすべはない。ただ、大学でこの渾名が使われた記憶は、他にはまったくない。

これもずっと以前、娘二人が子供の頃だったが、家内が「パパはブーちゃんって呼ばれていたんだよ」と言ったことがある。精一杯優しく可愛らしく「ブーちゃん」を発音しながら。一応、昔のことを伝えておこう、ということだったのだろう。その時にHの反応は、軽度に「苦々しげ」だったろうから、この件はそれっきりとなった。しかし、彼女がそのことを知っていたのは、驚きだった。

彼女は高校の二年後輩で、知り合ったのは、大学生になってからだった。高校の臨海寮が千葉の富津岬の先端近くにあり（二「友達のいる情景」参照）、二、三年続けて夏に、友人とそこに出かけて行ったものだが、高校を卒業して銀行に就職した彼女が、グループで来ていたのに出会ったのが、知り合うきっかけだった。そこには、ある年は、二「友達のいる情景」で紹介した格さんと、ある年は学部の友人の芳川君、前島君と行った。その後、これらのメンバーで彼女を誘って、言ってみるなら「集団デイト」みたいなことをやったこともあり、また、高校の仲間とオーガナイズしていた、学校・職域横断的な青年グループ（「若者の会」とでも言うしかない）には、学部の二人の友人も含めて、このメンバーも時に参加することがあった。また、「祖父の死」で述べたように、高校時代にガリ版刷りの同人雑誌を出していて、高橋君も格さんも同人だった。だとすると、格さんから芳川君に伝わったものなのか。ただ、格さんが「ブーちゃん」と発音している場面も、思い出《いず》ることはない。あるいは、高校時代のそうした友人たちは、基本的に屈託なくHを渾名で呼んでいたが、やはりHがその記憶を抑圧し抹消した、ということなのか。

　それにしても、いつ頃からこの渾名は発生したのだろうか。やはり中二の頃だろう。実は、中一までは楽園を生きていた子供のHが、中二の時にいわゆる「思春期の危機」に見舞われて楽園から転落する、というのが、Hが繰り返し自分に語った「自己物語」だった。「明るく元気で善良な」、まずは適正な子供だったHは、家族や学校で厚遇を受けて、人々からそれなりに「愛されて」きた、つまり幸せだったが、中二の前後に素朴な自己像が破綻する人格的危機を経験する中で、劣った、無価値な、しかも善良さからも距離を置く、愛されることの少ない少年に成り下がった、というわけである。その転落の最大の要素は、醜さの自覚だった。太っているということでは、小学校が終わる前から太っていたようだ。中一の時、習字の先生が、Hの傍でわざわざ「見回り」の足を止めて、「お相撲さんみたいだね」と言ったのを覚えている。ただ、悪意の影はなかった。丸々と太っていることに、素直に感嘆したという感じだった。中二になると、「性の目覚め」の身体的象徴たるニキビが、パンパンに張り切った滑らかな顔の皮膚の上に、吹き出すようになる。

前の席の女子

　実は中学で、「女子」との出会いがあった。中一のクラスでHに割り当てられた席の前の席には、柏戸という名の女子が座っていた。一列を男女交互に配置するのが担任の方針だったのだ。

彼女は、高級住宅街の宏壮なお屋敷に住むお嬢様で、文句なく学年一の、もしかしたら学校一の才色兼備の美少女だった。しかも、何度か席替えが行なわれたが、縦の列が横に移動する形で行なわれたので、二列がくっついて並ぶ隣の相手はその都度変わっても、前後の相手は一年を通して変わることがなかった。つまり中一の間、彼女はいつもHの前に座っていたわけである。

　彼女とは話が合った。Hほど映画を観ている者はいなかったし、この頃は貪るように本を読んでいたから、Hほど話題が豊富な者はいなかっただろう。アラン・ラッド主演の西部劇『シェーン』*やミュージカル映画『バンド・ワゴン』の話をしたのは、漠然と覚えているが、ともかく前の日に観た映画という映画のことを、翌日彼女に熱を込めて話したのである。聴き手としては、彼女は最適任だった。これほどHの話を受け止めるに相応しいレベルの女子は、いなかっただろう。だから二人は飽くことなく話し続けた。彼女は後ろを振り向いて話さなければならず、時には授業中にも話したりしたため、担任に注意されたこともあった。とはいえHは特に彼女の美しさに惹かれたわけではなかった。学年一、学校一の美少女ということを、その時はそれほど意識していなかったのではないか。もちろん毎日話をしているのだから、時には軋轢が生ずることもあった。「もう絶交よ」と宣言されたこともあったが、しかし何せ「離れがたい」二人なのだから、翌日にはまた話し始めるのだった。これは運命的な出会いではなかろうか。

＊『シェーン』（一九五三年）は、西部劇の不朽の名作と言っていいだろう。特に流れ者のガンマンを慕う少年の目から見た、最後のガンファイトの場面は傑作。遠くに青く霞む山脈に向

かって去って行くガンマンの背に、「Shane. Come back !」と少年が叫ぶラストシーンは、抒情味に溢れている。また、殺し屋を演じるジャック・パランスの登場は鮮烈だった。その主題曲は、日本では「遥かなる山の呼び声」（The call of the far away hills）のタイトルで雪村いずみが歌って、大ヒットした。山田洋次の同名の映画は、『シェーン』へのオマージュ。クリント・イーストウッドの『ペイル・ライダー』（一九八五年）も、同様である。『バンド・ワゴン』（一九五三年）はフレッド・アステア、シド・チャリシーの主演。フレッド・アステアは、切りがないから割愛。黒髪のシド・チャリシーは、バレー・ダンサー出身の美女。『雨に唄えば』（一九五二年）では、「暗黒街の女」風の出立ちでジーン・ケリーと踊るだけだったが、この映画ではヒロイン役を華麗に演じている。

楽園追放——容貌の美醜が問われる世界への転落

それが運命的な出会いであると、気づいたのは、しかしむしろ「別離」の後だった。中二になると、クラスは別々になった。そして、中一での彼女との歓談の日々が、滅多に人の身に起らない僥倖であったことを、痛いほど思い知ったのである。それは楽園の最後の輝きだった。Hは恋をしていた。会わなくなってから恋していたことに気づいたのか、会わなくなって初めて恋したのだろうか。そしてその頃から「危機」が始まり、中二から中三へと徐々に進行した。中三になったばかりで起った祖父の死は、楽園からの追放を確証した、と思う。しかし、楽園からの追放の最大の要件は、人の容貌の美醜が問われるような世界への転落に他ならなかった。

現今（おそらく半世紀ほど前から）は、小学校の低学年の頃から、どうかすると幼稚園から、子供たちは「好きな」相手と「交際」するらしい。「カッコいい」男子は女子からもてはやされ、ヴァレンタイン・デイにはチョコレートがわんさと寄せられる、ようだ。要するに、大人ないし若者たちの男女関係を模した擬似恋愛関係が、子供たちの間でも実践されているわけだ。少年Hの頃は、誰それは誰が好き、などが話題になることはあっても、子供たちがボーイフレンド・ガールフレンドとしての関係を持つことはなかった。男子は、女子からの「審美的判定」の目に晒されることはなかった、つまり自分の容姿が女子から見て好ましいものかどうかを、気にする必要はなかったのである。しかし、思春期に入ると、さすがにそうもいかなくなる。これまで何のわだかまりもなく女子に接して来たHも、綺麗な女子に対して、屈折した思いを抱き、屈折した態度をとるようになる。

柏戸に恋したのは、あるいは恋を自覚したのは、まさにこの大転換の最中だった。自分が女子からもてはやされる男ではないことを悟った時に、自分が稀有なる美少女と親密であったことに気づいたのである。実は、Hが彼女に「恋している」ことは、結構知られていたようだ。親しい友人には告白などしていたのだろう。それを誰かから聞きつけた先輩などから、「お前じゃ無理だよ、いい男じゃなけりゃ」と言われたこともある。スポーツマンで、トランペットも吹く先輩がいたが、彼などが彼女には相応しいと考えただけで、激しい嫉妬を覚えたこともある。

中三になると、またクラス替えが行なわれ、新しいクラスには何と柏戸がいた。これは奇跡的な再会だった。今にして思うと、クラス編成に当たった担当教員たちの配慮があったのではないか、とさえ思えるのだが。しかしこの再会は、かつての僥倖の再現とはならなかった。今や彼は、天使のごとく性を持たない無辜のアダムではもはやなく、己が値することのない美少女のいる教室で、彼女を恋するという原罪を日々噛み締めることになる。

「ブーちゃん」という渾名は、おそらくその頃から流通し始めたのだろう。デブでニキビ面の少年Hは、自分を醜いと思うようになり、そして醜くなった。性に目覚めたが、その性を愛する女性への愛として然るべく編成することはできず、その女性に性愛的感情を抱くことそれ自体が罪であり、秘匿すべき恥であると思っていた。何しろ、自分は醜く、女性に愛されることはない、いわんや最も価値ある女性には、なのだから。そして「ブーちゃん」という渾名は、その劇的な転落のエンブレムとして、彼の頭に冠されることになったのである。

それにしても、それ以降も何とか「人並みに」生きて来られたのは、男子たるもの、己の外見・容姿などを気にかけるものではないという、「儒教的」マッチョ主義イデオロギーのおかげだった。今日のような容貌の美醜の男女平等主義の下だったら、もちろん、生きることは生きるにしても、だいぶ悲惨な、「肩身の狭い」生き方を強いられただろうと、背筋が寒くなる。その意味では、好都合な時代を生きたものだ、とつくづく思う。

四　半魚人とグレース・ケリー

マリリン・モンローの代表作『七年目の浮気』（一九五五年）の最も名高いシーンは、例の地下鉄の通気孔の上に「仁王立ち」になって、地下から上がってくる風を蒸れたスカートの中に送り込み、リフレッシュする名場面で、風を孕んで白いスカートの裾がヒラヒラと舞い乱れるところを、七年目の浮気を妄想する連れの男（トム・イーウェル扮する）が、ニヤけた横目で「盗み見」していたが、実はこれ、二人が初めて（そして最後に？）一緒に観に行った映画館を出たところなのだ。観た映画は、『大アマゾンの半魚人』（一九五四年）。このあと彼女は、「半魚人は可哀想だわ」などと、半魚人への同情を口にする。

このブロンドの美人、決して浮ついた尻軽女ではなく、かなり堅実な女性らしい。ただ、謂わゆる「誤解を恐れない」天衣無縫なところがあって、それが男の妄想を掻き立てるのだが、それはもちろん、妄想する方が悪いのである。例えば、ダンスパーティーで惹かれるのは、どうだ俺はこんなに女にモテるんだぞといわんばかりのマッチョな「イケメン」男ではなくて、独り片隅でおずおずと控えている内気そうな男の子「なのよ」などと語って、中年のダメ男を勇気づけたりする。こんなところが、アメリカのセックス・シンボルともてはやされたマリリン・モンローの人気を支えた人物像なのだろう。要するに「可愛い女」なのだ。

白の水着の危うさ

Hは、ことさらマリリン・モンローが好きだったわけではない。ただ、彼女の出世作『ナイアガラ』（一九五三年）から『バス停留所』（一九五六年）まで、彼女のものは一通り観ている。それ以降のもので観たのは『お熱いのがお好き』（一九五九年）だけで、最後の『荒馬と女』は、ずっと後にテレビで観ただけだ。中でも『帰らざる河』（一九五四年）が好きで、モンローが酒場でギターを爪弾きながら歌うその主題歌も好んで、no return, no return, no return～と歌ったものだ。この映画での彼女は、まさに「男に尽くす」善良で可愛い女だった。『ショウほど素敵な商売はない』（一九五四年）も、好きな映画だったが、これは特にモンローの映画というわけではなく、ドナルド・オコーナー、ミッツィ・ゲイナーなどの達者なミュージカル・スターに混じっての出演だった。『バス停留所』も、かなり好きで、If you marry me, me, me... というその主題歌は、今でも（ついこの間まで）散歩の折に口ずさんだものである（歌詞は、この部分しか知らなかったが）。この映画でも彼女はまさに、失意の男を優しく慰めようとする気立の良い女だった。

今改めて、制作年次を並べてみると、『ナイアガラ』から『バス停留所』が中学時代に該当する（『バス停留所』は高校になってからかもしれない）ことがわかる。つまり、彼女の黄金時代はH

の中学時代に重なるのだ。しかし、このセックスシンボルの豊満な肉体に、Hは特に魅了されなかった。まだ性的に成熟していなかったのだろうか。それとも根本的にあのようなグラマー振りは受け付けない傾向があるのだろうか。

それに対して、『大アマゾンの半魚人』は、思春期を迎えたHに強烈な性的刺激を与えた。この映画は、何と言うのか、「モンスターもの」の最高傑作の一つなのではなかろうか。映画としての出来や格は高いわけではない。それはモンスターものだから当然だろう。出演者たちも監督も一流ではないし、一九五四年というのに白黒だ。ヒロイン役のジュリー・アダムスは、とびきりの美女というほどではなく、ほとんどこれ一本だけの女優である。ただこの映画、かなりヒットしたようで、現在でも人気があるという。何といっても、半魚人のデザインが抜群だった。

半魚人のようなものがいるらしいとの情報に接して、アマゾンの奥に探検隊が向かう。何故か若い女性が一行に加わっている。そして、船が問題のポイントに停泊すると、ジュリー・アダムスがデッキに姿を現し、羽織っていたものをサッと脱ぎ捨てる。白い水着をまとった裸身がすっくと立っている。まず、ここが鮮烈。モノクロだから果たして白か薄いピンクか判然としないが、ポスターなどでは、白の水着となっている。白の水着というのは、およそ水着の中では最も扇情的なのではないか。水に浸かって透けることはないのだろうが、その虞を不断に喚起するからだ。

白の水着で思い出すのは、エリザベス・テイラー主演の『去年の夏、突然に』（一九五八年）だが、これはホモの男が、現地の男の子たちを引き寄せるルアーとして、従姉妹のキャサリン（エリザベス・テイラー扮する）をスペインの海岸に連れて行き、「いかれた」白い水着を着せて浜辺に引っ張っていく。これでは濡れた水着が透けたことがポイントになっており、観客は、エリザベス・テイラーが超絶的美貌ばかりでなく、超グラマラスな肉体美の持ち主であることを知らされるのである。

これは、かのテネシー・ウィリアムズの戯曲の映画化で、戯曲は、ホモ（ゲイ）と、もう一つロボトミー手術*をアメリカで初めて舞台に載せた衝撃的作品といわれる。当然、映画も同様の衝撃をスクリーンにぶつけた点で衝撃的、ということになる。劇中では、衝撃的な体験をしたキャサリンが、その後遺症であらぬことを口走るのを黙らせようとして、件の男の母親（キャサリン・ヘプバーン扮する）が、彼女にロボトミー手術を施すよう画策するのだが、実は彼女は、自分の体験した男の死の真相を衝撃のままに語っているにすぎない。男は、集まって来た少年たちによって殺害され、部分的に食われてしまったのだ。母親は、このスキャンダラスな真相を隠蔽しようとしていたのである。

＊　ロボトミー手術とは、情動緊張や興奮などの精神疾患を鎮めるために、前頭葉白質を切除する手術。これで、患者は「大人しく」なったが、死亡率も高く、てんかん発作、人格変化、無気力等の後遺症の危険性も高く、人権蹂躙の批判が高まり、やがて行なわれなくなる。これを主題とした映画に、ミロス・フォアマン監督、ジャック・ニコルソン主演の『カッコーの巣

の上で』(「カッコーの巣を越えて」一九七五年)がある。刑務所に入るのが嫌で、精神病を装って精神病院に入って来たニコルソンは、病院のルールにことごとく楯突いて騒ぎを起こし、婦長の逆鱗に触れてロボトミー手術を施され、生ける屍にされてしまう、というもの。チェコ出身のミロス・フォアマンは、これでアカデミー監督賞を、ジャック・ニコルソンは主演男優賞を受賞した。かなり問題提起的な名画と言えるだろう。

半魚人とドラゴン

さて、『半魚人』。彼女はそのまま水に飛び込んで、泳ぎ出す。と、カメラは水中から、水面を見上げてその姿を映し出す。キラキラと乱れる日の光の反射と水飛沫を立てて、美しい肢体が泳いでいる姿を下から捉えるわけだ。泳ぐ彼女を下から見上げるその視線は、観客のものであるが、実はそれは同時に、水底から見上げる半魚人の眼差しであることが、間もなく明らかになる。カメラがその姿を捉えるからだ。ついに登場した半魚人は、水底で上を見上げ、水面の光と飛沫と泡に絡まれながら動いている、何やら見かけないものに見惚れているようで、時に水掻きのついた手を上に伸ばして、それに触ろうとする仕草も見せる。彼の彼女への「恋」と言おうか、「欲望」と言おうか、あの綺麗なものに触ってみたい、それを自分のものにしてみたい、という気持ちは、この時、兆したわけである。

結局どうなったのか。「首尾よく」彼は彼女を手に入れることができただろうか。実はよく覚えていない。ただ、半魚人が気絶した水着の彼女を両手で抱えて立っている姿を正面から捉えたポスターは、よく覚えている。彼女はそのまま彼の巣窟に運ばれて行き、白い水着を剥ぎ取られ、裸身を奇怪な彼の眼差しに隈なく晒すのだろうか。少なくともそうしたことを痛切に暗示するポスターだった。しかし、彼は人間の男のような欲望とそれを満たす肉体的手段を持っていないのかもしれない。ただ単に、可愛い生き物をペットにして、可愛がりたいというだけなのかもしれない。しかし、怪物の手に抱えられた白い水着の彼女に激しい欲望を抱いた人間の観客たちは、自分が彼女にしたいことを、怪物がやってくれることを、激しく希求するのである。

いずれにせよ、危ういところで彼女は助け出され、彼は射殺されるか、何処かへ逃亡し、一行は無事に帰途に着く。ご覧の通り、これは言うまでもなく、「キングコング」物語のヴァリエーションだが、『キングコング』（一九三三年）が大ヒットし、リメイク作品も多く、漫画、ゲーム、テーマパークなどでも数多く変種が再生産され、ミッキーマウスと並ぶアメリカ文化の「古典的かつ象徴的なキャラクター」（Wikipedia）と称されるのに比べると、人気と影響力はもう一つの感がある。それはやはり、コングが類人猿であるのに対して、半魚人は、何やらガラパゴスリクイグアナを思わせる、不気味な鱗に覆われた爬虫類もどきであるせいかもしれない。

キングコングは、映画でも、結構面白いリメイク作品を輩出しており、コングに愛される美女役をジェシカ・ラング*が演じた一九七六年版では、巨大なコングと美女の「仲の良い」生活情景が演出されていた。一度だけ、コングが大きな指を彼女のドレスの胸の部分に引っ掛けて、胸がはだけるシーンがあったが、それはうっかりミスらしく、すぐ彼女はドレスをたくしあげる。その後コングは、自分の掌の上や身の回りで彼女が自由に動き回るのを、安心し切った様子で見守るのである。二〇〇五年版も、この「男女関係」をさらに親密化する方向に進んだもののようだが、これは観ていない。いずれにせよ、同じ霊長類の親和性が働いているようで、これがキングコングのように巨大でなく、通常のサイズのゴリラだったら、異類婚が成立してもおかしくない。

＊ ジェシカ・ラングと来れば、ジャック・ニコルソンと共演した『郵便配達は二度ベルを鳴らす』（一九八一年）の不倫の妻だと思っていたが、実は『キングコング』がデビュー作と知って、意外だった。どうも、キングコングの「恋人」役としては、彼女は「清純さ」に欠けるのではなかろうか。なお、『郵便配達は二度ベルを鳴らす』は、ジェームズ・M・ケインの小説（一九三四年）が原作だが、これは一九四二年、ファシスト体制下のイタリアで、ルキノ・ヴィスコンティによって映画化されており、一九七九年に日本で公開されている。この映画で面白かったところは、当時のイタリアでは、庶民ののど自慢大会が定期的に行なわれ、のど自慢たちがアカペラでアリアを歌うところである。不倫の二人に殺される亭主も、楽しみにしていた大会で熱唱していた。そんじょそこらの冴えない中年男たちが、朗朗とアリアを歌いこなす様を見ながら、さすがイタリアと感じ入ったものである。

サン・ミッシェルとリュシフェール

半魚人は、深いところで、ドラゴンを連想させるのではなかろうか。キリスト教圏では、ドラゴンは絶対的悪である。ドラゴンと美女と言えば、まさにアンドロメダということになる。聖ゲオルギウス（ジョルジュ、ジョージ）も、生贄として捧げられる王の娘をドラゴンから救い出すので、同種の主題だが、後者は、国際ゴチックからラファエロやティントレットとルネサンス期までに好んで描かれ、ペルセウスに救われるアンドロメダは、レンブラント、ルーベンスから十九世紀にかけて多数描かれているような気がする。それはおそらく、ゲオルギウスはのちにキリスト教の聖人となるから、その画はキリスト教擁護ないし賛美の主題系に収まるのに対して、全裸で波打ち際の岩に鎖で縛り付けられたアンドロメダの方が、はるかに扇情的で、キリスト教を脱機能化した画家と顧客の好尚にはるかにマッチしたからだろう。実は正確には、アンドロメダを餌食にしようとする怪物はドラゴンではない。ケートスと称する海の怪獣で、鯨の類と思われる。ドラゴンは海棲ではないから必然的にこうなるのか、もしかするとギリシャ神話圏にはドラゴンは存在しなかったのかもしれない。この辺は追究し出すとキリがなくなるが、どうやら悪の結晶たるドラゴンは、キリスト教神話圏の生き物のようなのだ。

素人が普通に思い浮かべるドラゴンは、なんと言っても、一に聖ミカエルと戦って退治される『黙示録』のドラゴン、二が聖ゲオルギウスに退治されるドラゴンであろう。同じ聖という称号を冠していても、聖ゲオルギウスが、聖人となった人間に過ぎないのに対して、聖ミカエルは、天使の中の最高位たる大天使*（Archange, Archangel）で、「この巨大な龍、すなわち、悪魔とか、サタンとか呼ばれ、全世界を惑わす年を経たへび」（「ヨハネの黙示録」第十二章九）と戦い、天上から地上へと追い落とす。つまりまったく格が違うのである。

＊　これについては諸説あり、偽ディオニシオスの『天上位階論』では、大天使は、九つの位階の下から二番目とされているが、ミカエル、ガブリエル、ラファエルの有名な三体が属する大天使より上の位階には、固有名詞を有する者がいない。だからこれは、人工的に作り出された位階表のような気がする。カトリック教会は、この三体を三大天使として崇敬しているようである。なお偽ディオニシオスの「偽」は、後世の者が混同を防ぐために付したもののようだ。

ちなみに、聖ミカエルは、フランス語ではサン・ミッシェル。誰でも知ってるモン・サン・ミッシェル（聖ミカエルの山）のあれだが、パリで学生生活を送った者にとっては、カルチエ・ラタンの真ん中をセーヌ河岸から南北に縦断するサン・ミッシェル大通りで懐かしい名であろう。その付け根のサン・ミッシェル広場の泉の上には、大きな翼を付けた聖ミカエル（ミッシェル）が剣を高くかざして、ドラゴンを足元に踏みつけている像が立っている。聖ミカエルは、古代ローマ風、少なくとも古代風の鎧を纏っており、聖ゲオルギウスが、中世の甲冑に身を固めて長槍で挑む姿で描かれている（例えばティントレット）のとは、やはり大いに異なる。なお、サン・ミッシェルが、まるで四天王の天邪鬼のように踏みつけているドラゴンは、翼と長い尻尾を持つが、本体は人間状のものとして表象されている。これが堕天使（ルシファー、リュシフェール）＊であるとの説も有力のようで、そうした説を加味した造形なのであろう――本当にキリがないから、これくらいにする。

＊　リュシフェール Lucifer は、もともとは全天使の長もしくは最も美しい天使だったが、神に叛逆して堕天使となり、悪魔たちの長たるサタンとなる。ちなみにサルトルは、出世作『嘔吐』（一九三八年）に続いて構想した『自由への道』の第一部のタイトルを、当初「リュシフェール」としていた。これについては彼自身が、サルトル研究の第一人者、ミッシェル・コンタに、「光明は〈悪〉から来る」「リュシフェールは〈悪〉から光明を引き出す」という考え方を吐露している。Lucifer というのは、ラテン語では、明けの明星としての金星を意味するものだからである。しかし、この着想は間もなく放棄され、第一部のタイトルは、現在見る通りの「分別盛り」に変った。しかし、リュシフェール的叛逆天使の形象は、彼の実質的第一戯曲『バリオナ』（一九四〇年のクリスマスにドイツのトリアーの捕虜収容所で「初演」）の中に、躍動しているし、公式の第一戯曲『蠅』（一九四三年初演）のオレスト（オレステス）の形象の中にも、その残響が窺える。このテーマは、啓蒙（Lumières）と Lucifer との関係という、途方もない問題系に広がっていく大テーマであるから、ひとまずここまでとしておこう。以上については、拙編訳『敗走と捕虜のサルトル』（藤原書店、二〇一八年）の一七四～一七八頁を参照願いたい。

ルッジェーロとカタイの姫

さて、アンドロメダものの代表作としてアングルの作品を覚えていたのだが、今回調べてみたら、実はそれは、「アンジェリカを救出するルッジェーロ」であることを知らされた。ルッジェーロというのは、アリオストの『狂えるオルランド』の登場人物で、上半身が鷲、下半身が馬のヒッポグリフ（グリフォン馬）[*1]、要するに巨大な翼を持つ天馬に跨って、波打ち際の岩に鎖で繋がれ、今にも怪獣の餌食とならんか、というカタイ[*2]（中国）の姫、アンジェリカを、怪獣を退治して救出する。この話は、アリオストの創作だが、まるっきりアンドロメダ神話そのままである。画題としても、アンドロメダもののヴァリアントと言って差し支えない。まあ、間違えるのも無理はないのだ。どうしてアングルは、アンドロメダではなく、これにしたのだろう。おそらく槍のせいではないか。というのも、ペルセウスは、退治したばかりの（つまり、ものみな石に変える眼力を失っていない）メドゥーサの首を海の怪獣の方にかざして、石に変えてしまうのだが、ルッジェーロは中世の鎧に身を固めて、長槍で怪獣を攻撃している。こちらの方が、活劇としてはカッコよく、わかりやすい絵になるからだろう。ちなみにこの怪獣、オルクと呼ばれる。シャチの学名は Orcinus orca だから、シャチがモデルになっていると思われる。

*1　グリフォンは、上半身が鷲で翼を持ち、下半身がライオン。

*2　カタイは、キタイに同じ。キタイは契丹のことで、契丹（人）は、四、五世紀の頃、華北を平定した北魏の北辺に割拠していたが、十世紀に至って、国を建てて遼と号した。宋代に

は、国力大いに揮い、宋から毎年莫大な贈与を送ることを条件に講和を結んだ澶淵《せんえん》の盟（一〇〇四年）で、宋に対して優位に立ったが、逆にこれで文化が軟弱化して武力が衰え、支配下にあった女真（金）に滅ぼされることになる（一一二五年）。その際、部族の一部は中央アジアに移動して、西遼（カラ・キタイ）を建てる。カラとはトルコ語で「黒」であるから、「黒い契丹」ということになる。

のちにモンゴル人が中華を征服した時、彼らは華北一帯をキタイ（カタイ）と呼んだ。その呼称をマルコ・ポーロが採用して、『東方見聞録』を著したため、中国をカタイと呼ぶ風がヨーロッパで広まったものと考えられる。モンゴル系の諸部族は、もともと契丹の北辺に居住していたため、自分たちより南に居住する中華化した大勢力をキタイ（カタイ）という呼称で捉えていたと考えられる。遼を滅ぼして、華北を支配した金も、「女真のキタイ」と呼ばれていたらしい。モンゴル人にとって、中国は単一の実体ではなかった。当面の最大の敵たる金（華北）を撃破した（一二一一年）のち、彼らの矛先はヨーロッパに至るユーラシア全域に及んでおり、南宋（江南）の征服は、ずっと後回しになった（一二七六年）。この華北部分がまさにキタイ（カタイ）であって、南宋部分はマンジ（蛮子）という別称で呼ばれ、これはヨーロッパの地理学者にも採用されている。要するに、キタイ（カタイ）は、もともとは華北（北辺も含む）の呼称だったが、後に中華全域に拡大適用されたと考えられるのである。ちなみに、現代においてこの呼称が用いられた例は、香港のフラッグ・キャリアたる航空会社の名称

Cathay Pacific Airwaysだ。Chinaという呼称を避けたものと考えられよう。

『狂えるオルランド』というルネッサンスの叙事詩は、四万行弱の膨大な作品。シャルルマーニュと麾下の勇者たち（パラディン）の物語系を素材としており、オルランドOrlandoとは、ロランRolandのイタリア名である。フランス文学の最初の名作叙事詩『ロランの歌』のように、シャルルマーニュ軍とイスラム軍の戦いが主題の一つなのだが、一度の合戦で話が終わるわけではなく、合戦はいくども行なわれる。そしてあろうことか、オルランドは、カタイから来て、その後どこともなく立ち去ったアンジェリカ姫に恋をして、インドからカタイまで、姫を探し求めて放浪し、帰還命令も無視する。イスラム軍との戦いからのそのような戦線離脱が、神の怒りに触れて、狂乱という罰を下されることになるらしい。

もう一人の主人公がルッジェーロRuggero（フランス名はロジェRoger）で、もともとはアフリカ王アグラマンテの甥で、イスラム軍の勇者。戦場にて、フランス軍の女戦士、シャルルマーニュの姪のブラダマンテと出会い、相思相愛の仲となる。しかし、敵味方に別れる仲、最後はルッジェーロがキリスト教に改宗し、結ばれる。ルッジェーロについては、ブルガリアの国王になったり、濡れ衣を着せられて暗殺されるなど、波乱万丈の物語が展開するが、アンドロメダならぬ、波打ち際の岩につながれたアンジェリカの救出も、そうした冒険譚の一つに過ぎない。しかも、助け出されたアンジェリカは、めでたく救出者のものとなるわけではなく、彼を欺いて逃亡してしまう。まあ、見たところ、荒唐無稽、しっちゃかめっちゃかなのである。『ガルガンチュアとパンタグリュエル』に匹敵する、ルネッサンス精神の横溢ということなのだろうか。何せ長大な叙事詩だから、日本語の完訳が出たのはようやく二〇〇一年。脇功氏により、名古屋大学出版会より刊行されている。

「向島」と山口シヅエ

以上、長々と述べ来ったのは、『大アマゾンの半魚人』についてである。この映画は、形成されつつあったHの性的欲望に深い刻印を刻んだ。

そこで今度は、性的感動だけでなく、思春期のHが本当に恋した女性について語るべきところだが、その前に、少年Hに深い性的刻印を刻んだもう一つの映画、いわば忘れられない「名画」について、いささか触れたいと思う。『肉の蝋人形』（一九五三年）である。この映画はいつどのようにして観たのか、明確な記憶がある。中一の夏休み、稲毛海岸の親戚の家で過ごした時のことだ。

前編の「才能ある（?）少年」に「向島」というのが出てくる。それは母の母親と妹と姉が現在の墨田区（かつての向島区）押上に住んでいたからだが、この機会に正確に言うと、母の母親（要するにHの母方の祖母）は、角田姓の妹夫婦と同居で、姉が嫁いだ岸野家のすぐ近所（一、二分のところ）に住んでいた。要するに「近接居住」という奴で、だからHたちにとって「向島」とは、この近接居住の両家のことを意味したのである。岸野家の当主武雄は、表通りの山口シヅエガーデン*の並びにベーカリーと喫茶店を持ち、墨田区のパン屋組合だか協会だかの理事長を務めたこともあったようだ。その店と山口シヅエガーデンを左手に見て進むと、東武線の踏切があるが、そのすぐ手前を左に入った路地の先に角田の家があった。路地に面した小さな二階屋で、裏手は東武線の線路に面していて、電車が通るたびに、騒音と振動に耐えねばならなかったが、存外気にならなかったような気がする。

＊ 山口シヅエガーデン　山口シヅエは、日本初の女性衆議院議員の一人。一九四六年、女性に参政権が認められた普通選挙による最初の総選挙（第二十二回衆議院議員総選挙）で、女性が一気に三十九人当選して、女性の進出、男女平等を印象付けた。同じ初の女性議員には、松谷天光光という、インパクトのある名前（本名）の者もいた。彼女、妻子ある青年代議士、園田直と恋仲になり、周囲の反対を押し切って同棲・結婚した。園田直は、その後、厚生大臣、外務大臣、内閣官房長官などを歴任、自民党の実力者の一人となる。実はこの総選挙、新憲法発布以前の、最後の帝国議会議員総選挙である、というのも意外な再発見だろう。大選挙区制で、北海道、東京、新潟、愛知、大阪、兵庫、福岡が二選挙区、それ以外の府県は全域が単一選挙区で、定数十人以下は二名連記、十一人以上では三名連記で投票というもの。東京は、一区の定数は十人で投票は二名連記、二区は十二人で三名連記だった。なお、総選挙とは、補欠選挙などではなく、全議員を選ぶという意味だが、この用語、衆議院にしか適用されない。参議院は、通常選挙という。また、代議士とは、衆議院議員の俗称で、参議院議員を代議士とは

呼ばない。昔、参議院のタレント議員、横山ノックが「まさか自分が代議士になるとは」と言って、政治的素養のなさを露呈したものだ。

さて、山口シヅエは、山口自転車の社長の娘、「下町の太陽」と呼ばれて、人気を博した。売春禁止法制定などに尽力。最初は日本社会党に所属したが、のちに自民党に入党。通算十三回当選。山口シヅエガーデンは、会議室や講堂（劇場？）などを備えた一種の市民会館で、彼女が代表取締役を務め、たしかプールもあったような記憶がある。カルチャースクールやジムなどを収容していたようだが、現在は閉鎖され、跡地はマンションになっているようだ。

稲毛海岸の善《ぜん》ちゃんの家

その岸野武雄の姉妹で、東金の小母さんと呼ばれていた人の家が、稲毛海岸にあった。東金というのは、千葉の東金のことで、以前は東金に住んでいたのだろう。その息子は、岸野善助（助の字については、未確認）で、善《ぜん》ちゃんと呼ばれていた。そこで、Hたちとしては、夏休みを善ちゃんの家で過ごすのが習慣だった、ということになる。善ちゃんは、当時、どうだろう、二十代後半から三十代前半くらいだったろうか。房江ちゃんという妹がいて、せいぜい二十代前半だったから、そんなに年が離れてはいなかったろう（中一の目から見ての記憶だから、実際は二人とももっと若かったのかもしれない）。何をやってる人かは、よくわからなかったが、のちに彼は、千葉駅周辺で寿司屋などの飲食店を数軒営む、結構羽振りの良い人物となったようだ。してみると、例えば寿司職人として修業中の身だった、などということが考えられる。さっぱりした快男児系の美男だった。房江ちゃんも、かなり色っぽい女性だった。

当時の稲毛海岸は、現在の海岸線よりずっと手前にあった。昭和三十年代以降、大規模な埋立てが進行して、京葉工業地帯が形成されたわけだが、本来の海岸線は、稲毛辺りで言えば、国道一四号線のすぐ下を走っていた。つまり、国道一四号線が海岸道路だったのである。千葉市美浜区に、「稲毛海岸」というきっかり長方形の街区があるが、あれが当時の海水浴場だった。遠浅の海で、引き潮の時は、一面砂浜に変わった。現在の稲毛海浜公園は、「稲毛海岸」町より一キロ以上海側にあるが、おそらくそれが当時干潮時に露出した浜のリミットなのだろう。そして、「稲毛海岸」という町名は、心ある地元民が奔走して存続させた記念すべき名なのだろう。

善ちゃんの家は、そこにあった。西千葉駅か稲毛駅で降りて、たわわに実った黄色一色の麦畑の間を歩いて行くと、善ちゃんの家に着く。家で水着に着替えて、ものの三、四分も歩くと、海岸段丘の果てに着く。そこを降りて国道を横切れば、海だった。「麦畑の間」と書いたのは、夏休みにたわわに実っていた（と記憶している）のと、そこが段丘と思しき土地だったからだ。

善ちゃんの家は、それほど大きな家ではなかった。確か平屋だったと思う。そこに母親と三人兄妹の計四人が押しかけて、夏休みを過ごしたのだ。ただ、当時は、六畳に四、五人が寝ることは当たり前だったから、二間くらいあれば、それくらいの客を泊めることもできたのだろう。それに、善ちゃんや房江ちゃんがいつもいたという感じではないので、二人は余所で住み込みで働いていたのかもしれない。畑の中の一軒家というのが記憶の映像だが、少なくとも隣に一軒家があり、そこの女の子（確か二人）とは結構仲良く遊んだ。ちなみに、その家の主人は、シナリオライターの小国英雄で、黒澤明に協力して数々の名作の共同脚本を手がけた、あの人物だと記憶している。その記憶の根拠が何なのか、おそらく善ちゃん辺りから聞かされたことなのだろう。隣に一軒だけでなく、数軒の集落だったのかもしれないが、記憶にない。また、吉川英治の『宮本武蔵』が揃っていて、確かそれを読了した。

そこに、何年かにわたって、夏休みに行っていたのか、それともひと夏切りのことだったたか、これも定かではない。中一の時に行ったのは確かだが、すでに中二の時は、例えば林間学校などに参加したため、行っていない。せいぜいふた夏ほどだろう。中一の時に行ったのは確かだというのは、これから述べる二本の映画がいずれも、中一の時（一九五三年）に上映されているからである。

『あばれ獅子』と『肉の蝋人形』

ある時、一同うち揃って千葉駅前に出かけた。東金の小母さんも一緒だったと思う。映画を観に行ったのだ。お目当ては、阪妻の『あばれ獅子』*（一九五三年）。ところが途中で『肉の蝋人形』の看板が目に入り、これが観たくなって、一行と別れて、自分一人だけこちらに入った。よく中一生に一人で映画館に入るのを許してくれたものだ、ということになるが、そこはそれ、小四の時から寿司屋のやっちゃんと二人で五反田まで映画を観に行くことを許していた「お家柄」だから（『ある少年H』九七〜九九頁）、さしたる問題にはならなかった。そこで別れて、映画を観た後、どうしたのか、例えばどこかで待ち合わせをしたのか、それともそのまま一人で帰宅したのか、これも覚えていない。上映時間を確認して、近くで落ち合うようにしたのだろう。

＊『あばれ獅子』阪妻《ばんつま》（阪東妻三郎）の最後の主演作品。子母澤寛の小説『勝海舟』の映画化、若き日の勝麟太郎と、その父、勝小吉を描く。小吉が阪妻、その妻、お信に山田五十鈴、麟太郎は北上弥太郎、その妻となる君江は紙京子。なかなかよく出来た、味のある映画だったと思う。なお、阪妻は、戦前のチャンバラ映画のトップスター。一に阪妻、二に左膳、三、四がなくて、五に天狗、と謳われた。左膳とは、丹下左膳のことで、これを演じた大河内傳次郎のこと、天狗とは、ご存知鞍馬天狗のことで、これを演じた嵐寛寿郎を意味する。

『肉の蝋人形』（一九五三年）は、立体映画（３Ｄ映画）で、特殊な眼鏡を掛けて観る。左右の目が見る映像が微妙に食い違い、その誤差が映像を立体化するわけである。ものの本によると、『大アマゾンの半魚人』も、立体映画だが、日本では普通版が上映されたとのこと。また、ヒッチコック監督、グレース・ケリー主演の『ダイヤルＭを廻せ』も立体映画だと言うが、Ｈはこれも観たけれど、それらしい記憶はない。『肉の蝋人形』については、縁が紙の眼鏡をかけて観たことを鮮明に覚えている。立体映画を強調する映像やシーンが随所に盛り込まれていて、よく覚えているのは、マジシャンがヨーヨーのようなものを、こちらに向けて発出するというものである。ヨーヨーだか、ピンポン球だかが目の前に飛び込んで来て、まさに立体を実感したものだ。当時は映画の技術革新の絶頂期で、二〇世紀フォックスのシネマスコープの第一作『聖衣』が制作・上映されたのも、一九五三年だった。これに対抗して、パラマウントは、ヴィスタヴィジョンを開発。一九五四年の『ホワイト・クリスマス』はその第一作だったが、ヴィスタヴィジョンはその後、あまり振るわなかったようだ。この調子で行くと、次は匂いが出る映画が出来るのではないか、などの予想が飛び交ったりした。立体映画の中では、『肉の蝋人形』は最大のヒットとなったらしい。

筋はよく覚えていない。顔が焼け爛れた男が、おそらく仮面を被って蝋人形館を経営しており、どうやら人間を蝋詰にして蝋人形に仕立てるという悪行を働いているらしい。ヒロインは、陳列されている蝋人形の一つが、友人（女性）にそっくりなことに疑念をいだき、ある夜、蝋人形館に忍びこみ、問題の蝋人形（火刑台上のジャンヌ・ダルクだったか？）の肌を指で擦って、確かめようとする。まさにジャンヌ・ダルクの頬に指先を伸ばそうとする瞬間、人の気配を察して振り返る。と、そこには館の主が立っているではないか。必死に抵抗する彼女が、相手の顔を叩くと、仮面が落ち、焼け爛れ、眼球が剥き出しの顔が現われる。そして、彼女は失神する。

蝋人形ファンタスム

彼女がようやく目を覚ますと、何と手術台のようなものに仰向けに寝かされ、両手両足首は手枷・足枷で戒められている。必死にもがく彼女の、胸から上、手首、開かれた両脚が映し出され、彼女が全裸であることが痛切に暗示される。Hは恍惚となって、全裸で大の字になって、もがいている女体を懸命に想像した。「親切にも」その瞬間はかなり長く続いたようだ。次の場面は、件の男が注射器を手にしている映像。そして、容器の中で蝋が煮えたぎっている映像。彼女は再び眠らされ、その肉体の上に煮えたぎった蝋が今まさに注がれると思われたその瞬間、刑事が踏み込んで来る。怪人は捕らえられた。そして刑事の一人がコートを脱いで、彼女の体の上に掛ける。この刑事の騎士道的振る舞いで、映画はめでたく幕を閉じるのである。

考えてみると、煮えたぎった蝋を全裸の肉体の上に流し込んだら、せっかくの美しい肌が焼け爛れてしまうのではないか。そんな疑問を吹き飛ばすほど、この映画が与えてくれた性的刺激は強烈だった。性的刺激の発信源たる場面は、たかだかクライマックスのこの場面だけなのだ。しかし、少年に忘れがたい満足を与え、深い刻印を残した。のちに少年は、この物語を自分で「再生産」しようとすることになる。それは、『大アマゾンの半魚人』についても同じで、Hはやはりこれも密かに「再生産」しようとする。その際の犠牲者は、もちろん自分が熱烈に恋する少女に他ならない。しかしそれは、少年がもう少し性的に成長してからの話だ。

生きたまま人間を蝋人形にするというアイデアは、例のデーモン閣下の聖飢魔Ⅱのヒット作「蝋人形の館」（一九八六年）にも姿を見せる。その歌詞は語る。——霧の立ち込める森の奥深くの秘密の館に、少女が運び込まれ、裸にされて、生きたまま蝋人形にされる。助けてくれとの叫びが、動かぬ口から漏れ出る術のないままに、と。おそらくこの曲は、『肉の蝋人形』の着想の深い影響下に生まれたものだろう。

ちなみに、蝋人形は西條八十（一八九二〜一九七〇年）の好みのテーマだったようで、彼は自分が創刊した詩誌に「蝋人形」というタイトルを付けている。これはほぼ全面的に彼が主催した雑誌で、昭和五（一九三〇）年から十九（一九四四）年まで続き、終戦直後（昭和二十一〔一九四六〕年）に復刊している。ただ、その後どうなったのか、年譜には記載がない（ご教示を乞う）。ただ、その割りには、作品そのものへの蝋人形の顕現は少なく、詩に一編、童謡に一編を数えるのみである。童謡は、吹雪の夜、暖炉の上で寝ている蝋人形に、「小さなご主人」が、あつい緋《ひ》羅紗《らしゃ》を着せてやる。蝋人形は、夜明けには溶けている身とも知らず、楽しい夢を見ながら眠り続ける——というもので、まあ、特段の説明は要らないだろう。詩の方は、二十七歳で刊行したデビュー詩集『砂金』（一九一九年）に所収、真昼に屋根に登って見上げると、「あをく燻《くすぼ》る／大空に／誰《た》が忘れたる／蝋人形」が浮かんでいる。それに向かって、野薔薇の実を投げつけるが、その礫《つぶて》は外《そ》れてしまう——というもので、どうやら蝋人形は、別離した恋人の俤らしい。もう一つ、同じく『砂金』所収の「失える人形」にも、蝋人形が出てくる。櫟林《くぬぎ》でなくした蝋人形の行方を母親に訊ねる子供が、「お母さん、あなたいま薄笑いしましたね。あなた隠したのじゃありませんか」と問い詰める——というものである。Bêtises（バカなこと）を言うといけないので、示唆するだけに留めておくが、特にエロチックな猟奇的イメージは喚起されていないようである。

『真昼の決闘』

さて、いよいよHが恋した女性だが、それもやはり銀幕のスター、ハリウッド女優だった。グレース・ケリーである。前章「ブーちゃん」をお読みになった方は、Hが恋した女性というのは、中一の時の同級生、柏戸のことと思われただろう。それも事実である。しかしまず、グレース・ケリーの話。

グレース・ケリーの映画で最初に観たのは、彼女のデビュー作の『真昼の決闘』*High Noon*（一九五二年）だった。フレッド・ジンネマン監督、ゲーリー・クーパー主演の西部劇の傑作。彼女は、長らくこの町の連邦保安官を務めたケイン（ゲーリー・クーパー扮する）の新妻エミイ役。ケインは、結婚を機に保安官を辞して、新妻とともに馬車で旅に出ることになっていた。ところがそこに、彼が以前逮捕して監獄に送った悪漢が、釈放されて、復讐のため汽車でこの町に向かっているとの報がもたらされる。汽車の到着時刻は正午 High Noon、駅には三人の仲間が迎えに出ており、四人でケインに挑もうとしているのである。

ケインは、保安官助手を募集しようとして、教会に行く。そこで最初に牧師に言われたことは、「あなたは日曜の礼拝に来ないし、結婚式も教会で挙げなかった」との非難だった。それに対して彼は、「妻がモルモン教徒ですので」と釈明する。Hが、モルモン教徒というものがいるということを知ったのは、これが初めてのことだった。

教会で事情を話し、保安官助手を募集すると、たちまち数人が一も二もなく志願した。アメリカの西部の（もしかしたら「西部」に限らず）町の自治のあり方、「悪」に対して一般市民が容易に立ち上がり、死の危険に身を晒すことも厭わないという精神を、目の当たりにしたのも、この場面によってだった。しかし、町長は事を荒立てるのを好まず、ケインが町を去るのが、町の平和のために望ましいと主張、「主戦派」の市民たちの血気を抑えてしまう。その他にも、助手を獲得するためにあれこれ奔走したが果たせず、血を流すことを好まない新妻とも決裂して、ケインは結局、たった一人で四人を迎え撃つことになる。

一人また一人と敵を倒したが、彼は残る二人に追い詰められる。ところが三人目が、窓越しにエミイに撃ち倒される。彼女は汽車で町を去ろうとしていたが、銃声が聞こえたので、思わず降りて町に戻っていたのだ。最後の一人、汽車でやって来た親玉は、エミイを盾にしようとするが、エミイの抵抗で揉み合いになったところを、ケインに射殺される。息を潜めて見守っていた市民たちが、歓喜しながら表に出てくる中、ケインは保安官バッジを地面に捨て、エミイとともに馬車で去って行く。

モノクロの画面に、白い新婚のドレス、白いティアラ（だと思う）のグレース・ケリーは、美しく毅然とした女性だったが、この映画を観た時、まだ小六だったHは、これで彼女に恋したわけではない。ではどの作品でだったか。例えば『裏窓』（一九五四年）の彼女は、スケスケのネグリジェなどを身にまとって魅惑的だったが、それで心を奪われた具体的な記憶はない。彼女のものので当時最も好きだった映画は『トコリの橋』（一九五四年、日本公開は五五年二月）だったと思うが、これでは彼女はむしろ副主人公だった。

この映画、実は朝鮮戦争物である。*朝鮮戦争は、一九五〇年六月に勃発、一九五三年七月二十三日の休戦協定まで三年続いた。Hの小学校高学年の三年間（一九五〇年四月〜一九五三年三月）は、朝鮮戦争の影の下にあったのである。その間に日本は、サンフランシスコ講和条約（一九五一年九月八日調印）によって、アメリカによる占領から解放されていた（一九五二年四月二十八日、条約発効、進駐軍の撤退）。そして、朝鮮戦争を描く映画が、日本にやって来る。ただし、それほど多数ではない。

＊　朝鮮戦争物としては、他に『地獄への退却』（一九五二年）というモノクロ映画を観た。海兵隊の陸上での進撃を描いた映画だが、ある時、一面の雪原の彼方から、突如、雲霞の如き歩兵集団が出現する。彼らは、機関銃でバッタバッタと薙ぎ倒されるのをものともせず、黙々と雪を踏みしめながらこちらに向かって前進して来て、最前線の防御陣地はすでに破られる。この窮状がどうやって打開されたか忘れたが、後に残る累々たる敵軍兵士の死体を確かめた隊長は、皆に向かって、Chinesesと言う。中国軍の出現を描いた場面だったのだ。これにより、海兵隊は雪の中を退却せざるを得ず、中には足指が凍傷にやられる者も出て来る……というのが、覚えていることだ。周知の通り、朝鮮戦争の当初、北朝鮮の電撃作戦に不意を突かれた韓国軍と米軍はたちまち釜山に追い詰められたが、マッカーサーの仁川上陸作戦で、形勢逆転、北側は敗走を重ね、国連軍（国連安保理の決議により、国連軍として認められたが、実質上は米

軍）の前衛はついに中朝国境の鴨緑江岸に達した。ここに至って、成立したばかりの中華人民共和国は、大量の部隊を戦線に投入、国連軍を押し戻すことになる。中国軍は、表向きは「義勇兵」の建前を取り、「中国人民志願軍」と称した。他の映画としては、一九五九年のグレゴリー・ペック主演『勝利なき戦い』は、休戦協定交渉期間の丘の取り合いを描く仲々の作品のようで、観る気はあったが、観ていない。また、ずっと後（一九七〇年）の、『M★A★S★H』は、朝鮮戦争下の移動外科病院を描いたブラックコメディーで、ドナルド・サザランドが出色だった。

『トコリの橋』

最初に観たのは『第八ジェット戦闘機隊』（一九五四年）だったと思う。太平洋戦争物は、プロペラ機での戦闘だったが、これはジェット機が主役だった。この映画は、アメリカ海軍出身の人気作家、ジェームズ・ミッチェナーが、取材で空母を訪れ、ジェット機パイロットの数々の逸話を聴く、という体裁のもので、言わばドキュメンタリー・タッチの作品と言えよう。最も印象にあるのは、被弾したパイロットがパラシュートで脱出し、海（日本海だろう）に降下する、というエピソードだ。海水温は、凍結寸前の二・五度ないし四度（記憶によれば）、着水したパイロットは数分で凍り始める、というのが、驚嘆すべき新発見だった。

この映画が、中堅俳優ばかりのドキュメンタリー・タッチだったのに対して、『トコリの橋』

は、人気絶頂のウィリアム・ホールデンと売り出し中の人気女優グレース・ケリーが主役の堂々たる大作である。トコリのリは、例えば北朝鮮の核実験場で知られるプンゲリ（豊渓里）の里と同じ語で、村を意味するのだろう。原作は、ジェームズ・ミッチェナー。映画の前半の舞台は、日本だ。というのも、主人公の乗る空母が休暇で横須賀に寄港し、アメリカからやって来た家族と日本での休暇を楽しむ、という設定だからだ。ことほど左様に、日本は、朝鮮への出撃基地であり、兵站基地であり、休暇と慰安の基地であった。

面白かったのが、当時、新橋にあったキャバレー〈ショウボート〉が登場し、何と淡路恵子がホステス役で登場すること。ホールデンの部下が、これまた何とミッキー・ルーニー。彼は淡路恵子に惚れてしまい、結婚を申し込むが、どうもうまく伝わらない（と彼は思い込んだ）。そこで、上官のホールデンに仲介を頼み、ホールデンは妻（グレース・ケリー）を伴って、ショウ・ボートにやって来て、淡路恵子に面会する。やり取りの中で、「彼はとてもいい人ですよ」と言われたのに対して、淡路恵子、「ええ、でも愛しておりません」とキッパリ断言する。おそらくそれでミッキー・ルーニーが激昂し、入り乱れての乱闘が始まる（日本人従業員との乱闘は考えにくいので、同じアメリカ水兵の恋敵とその仲間たちとの乱闘か）。一階フロアで展開する乱闘を、夫婦で二階から笑いながら見下ろしつつ、「いい人たちね」とグレース・ケリーは大に言う。この辺も、アメリカ人の「乱闘好き」（乱闘を高く買う気風。少なくとも映画の中では）の面目躍如と言ったところか。

もう一つ、一家（夫婦と子供二人）は箱根に遊び、かの富士屋ホテルに泊まる。そして、他の客がいない頃を見計らって、混浴の大浴場に入ろうとする。入口は男湯・女湯に分かれているが、中は一つの浴場なのだ（由緒ある富士屋ホテルの大浴場が本当にそうなっている〔た〕かどうかは、未詳）。果たして大浴場には誰もいない。そこで家族水入らずの温泉を楽しんでいると、浴衣姿の中年の日本人夫婦が入って来るではないか。「これはこれはお珍しい」などと日本語で言いながら……。慌てたホールデンは、浴槽の中から腕を振って、虚しくNo, noと叫ぶばかり。妻と子供たちは、浴槽に潜って、姿を消そうとする……で、この珍場面は幕となる。ミッチェナーの経験か見聞が生かされているのだろうが、やはり西洋人にとっては、とんでもないエキゾチズムだったのだろう。

こうして一家四人の日本での休暇は終わり、ホールデンは戦域に戻り、トコリの橋の爆撃を命じられる。出撃の準備として、過去の出撃の際に機首に搭載のカメラから撮った橋の映像が上映されるが、谷の両岸から隙間なく飛び交う凄まじい対空砲火が映し出される。しかも、橋は爆破しても、ものの数時間で復旧してしまうとのこと。困難で、徒労にも近い任務に彼は出撃し、結局、被弾して、救出作戦も虚しく戦死する。

同じ実体の二つの位相

『トコリの橋』は、グレース・ケリーの作品だが、彼女は日本での場面に登場する妻役にすぎない。要するに、副主人公だ。考えてみると、彼女の役回りは、妻ないしステディな恋人（『裏窓』）が多く、作品の真の中心人物（例えば、生成する恋物語のヒロイン）役は、きわめて少ない。これに該当しそうなのは、『泥棒成金』（一九五五年）と『上流社会』（一九五六年）だけである。これは、基本的に真面目なヒロインということになると、どうしても妻や恋人という副主人公的役回りしか設定し得ないという時代的限界があったのだろう。

Hはいつ頃、彼女への恋に「落ちた」のだろうか。彼女は『喝采』（一九五四年）で、汚れ役ともいえる役を演じ、この年のアカデミー主演女優賞を獲得している。この頃、Hは彼女の似顔絵を描いたことがある。どれかの作品のプログラムの表紙を飾った、胸元が広く三角形に切れ込んだ黒いドレス姿（おそらく主演女優賞授与の際のドレス）の顔写真を画用紙に黒鉛筆で模写したもので、クラスメートにも見せて、賞賛を浴びたりしたが、描いているうちに、彼女の美しさを実感したらしい。どうやらその頃には、「恋」が定まったようだ。彼女の美貌で最も魅力的なのは、笑顔だった。目許が明るい光の戯れのようにキラキラ輝く、明眸という語がぴったり当てはまる笑顔だった。そして、それは柏戸の笑顔を思わせた。つまり彼女は柏戸に似ており、柏戸は彼女に似ていた。特にその目の辺り、耳の下から顎の付け根にかけて、広めの額などが、瓜二つだった。彼女への恋を自覚しながら、Hは柏戸への恋心を育んでいたのかもしれない。彼女へのオマージュ（Hommage）*[章末註1]が、柏戸への告白されない、しかしかなり公然たるオマージュの代理物となっていたのだろうか。彼女への「思い」は、いくらでも公言することができる。あれこれの作品での彼女の美や気品や美質や達成は、いくらでも賛美することができる。これらの賛美が柏戸への思いに支えられていたとするなら、彼女は柏戸のダミーだったということになる。そうかもしれない。しかし、むしろ二人は二にして一の関係、同じ「実体」の二つの位相だったと、言うべきではなかろうか。しかし、Hはそのことにどの程度気づいていただろうか。

＊　オマージュ（Hommage）とは、封建制度において、主君（宗主）に忠誠と献身を誓って、その臣下（封臣）となる行為のことで、転じて、男性が敬愛するご婦人に捧げる献身の誓いも意味する。馬上試合などでは、騎士はHommageの印（ご婦人から戴いたスカーフなど）を槍の穂先に付けて、見物席のご婦人の目の前に掲げて、試合での奮闘をそのご婦人に捧げることを誓うのである。近頃は、このフランス語の単語が英語圏に輸入されて、芸術活動において、尊敬する作家の作品やその部分を敬意を込めて模倣ないし借用することを意味するようになっている。

幼い頃よりアメリカ映画に親しみ、ハリウッドの女優たちを美しいと思っていた、というかむしろ、美しい女性とはアメリカ映画に登場するあの煌びやかな女優たちのことだと思い込んでいた、プラトン主義者の少年H（『ある少年H』一五八頁を参照）にとって、柏戸は、ハリウッド女優と同じステータスを持ちながら、日常の中に現実的に存在する生身の女性だった。グレース・ケリー＝柏戸の不二《ふに》の単一体によって、理想と現実の統合が初めて実現した、と言ってしまうと、やたらと平凡になってしまうかもしれないが、まあ簡単に言えば、そういうことだったのだろう。彼は、自分が生きる日本の現実に目を開かれ、日本の少女たちが美しいことを、発見したのである。

それにしても、一九五四年は、グレース・ケリーにとって、奇跡の年だった。この年、彼女は五本の映画（『ダイヤルMを廻せ』、『裏窓』、『喝采』、『緑の火エメラルド』、『トコリの橋』）に主役として出演し、アカデミー主演女優賞を獲った。彼女は、わずか十年の短いキャリアの中で、十本の映画（本邦未公開のデビュー作は除く）に主演したが、その半数がこの年に集中している。それはほぼ、Hの中学二年に相当する。つまり、中一と中三で柏戸と同級になったHが、唯一彼女と教室で日常的に出会うことのなかった学年、だが彼女が濃密に臨在した学年なのである。その学年それ自体は、これまたHにとって意味深く、実り豊かなものだった。いずれにせよ、彼女はその後、三本の映画に主演した後、一九五六年四月に、モナコ大公と結婚し、まさにモナコ大公妃Princesse de Monacoとなる。Hの高校入学と同時だった。改めて、関連年譜を眺めると、あまりにも辻褄が合いすぎて、天の配剤というか、摂理というか、何やら運命的なものを感じるのは、無理からぬところではなかろうか。

大木先生――『黄河の水』、『恐怖の報酬』

その学年は意味深く、実り豊かだった。何よりも担任教師。大木先生といって、担当は国語、社会。今から逆算すると、ほとんど新米教師のようだったから、それほど年が離れていたわけではない。つまり、おそらく二十代半ばの若者だったのだろうが、額が禿げ上がって、側頭部から後頭部の髪の毛が妙な乱れかたをした容貌は、若々しい青年には見えなかった。すでに一年の時に習字を教わっていた。何かというと「若干、若干」と言っていたので、渾名は「若干」となった。この先生とは大いに気が合い意気投合するが、よくよく思い出してみると、最初はそれほどでもなかったようだ。どうやらHは、騒がしい問題児だった気配がある。おそらく年度で最初の父兄会（というか、父母懇談会？）で、クラス別の先生と保護者の懇談が行なわれて、その席で、「どうも石崎というのがいまして……」と先生は言った。すると「家《うち》の子です」とHの母親が答えて、先生は仰天した、というエピソードがある。母親は、上品そうに着物をきちんと着こなして出席していたので、まさかあの「悪童」の母親とは思わなかったのだ。この話、確か先生から聞いたものだ。職員室に呼ばれて、「お前、あんないいお母さんがいるのに……」といった、説諭を受けた覚えがある。「そんなに手が付けられなかったかなぁ」という気もしないではないが、この記憶自体は紛れもない。それにしても、迂闊ではなかろうか。出席保護者が何者か確認せずに、問題児の名前を出してしまうなど。

ある時、先生から本を頂戴した。「君は中国史に興味があるようだから」と言うのだ。角川文庫、鳥山喜一著『黄河の水』だった。小型版の中国通史の名著として定評があった（と今にして認識する）。早速繙き一気に読了した、と思う。それが例外的な厚情であるのはよくわかった。大いに誇りに思ったものだ。中国史に興味、といっても、春秋戦国や三国志の断片的知識があったにすぎないが、それを一つの関心の方向として捉え、それを助長しようとして下さったことは、教育的配慮としてまことにありがたく、教師の行動として大いに評価できると考えられた。おそらくその頃から、一種の友情のようなものが生まれたようだ。偉ぶらない人柄から、師弟愛と呼ぶのはやや違和感がある。上下関係的意識がほとんどなかったからである。

お宅にもお邪魔したことがある。同じ国語の山下先生がいらして、三人で大いに語り合った。少なくとも、対等に語り合ったという雰囲気を感じさせて下さった。実は山下先生は、翌年度、三年の時に担任になるのだが、その時が初対面だった。山下先生は、その風貌から、ガマ先生と呼ばれたが、その年度中にお亡くなりになる。そのため三学期の担任は、音楽の菊池先生が跡を襲う。高校受験を控えた大切な時期に、担任を失ったわけである。

大木先生は、映画が好きで、特にフランス映画を好んだようだ。まあ、二外のフランス語を習得したことはあったのだろう。フランス語の単語は「ただ並べて発音するだけでも美しいでしょ」と教場で漏らしたことがある。ただその時は、Hにフランス語への意識がなかったから、「ヘエー、そうなのか」と思っただけだった。先生が教場で紹介したフランス映画の筆頭は、アンリ＝ジョルジュ・クルーゾーの『恐怖の報酬』（一九五三年四月）だった。日本公開が一九五四年七月とあるところから、間違いなく中二の時のことだ。特にシャルル・ヴァネル扮する、強気で傲岸なパリの暗黒街の顔役が、次第に恐怖に蝕まれ、ついには逃げ出そうとするまでになるその人間性の機微を、解説してくれたと記憶している。もちろん早速観に行き、先生の解説をこの目で確認した。もう一つは、ジャン・ギャバンの『現金《げんなま》に手を出すな』（一九五四年三月）で、これは日本公開が一九五五年三月六日とあるから、先生は封切り早々に観て、残り少ない中二最後の日々に早速話してくれたのだろうか。これはフランスのフィルム・ノワールの古典的傑作で、これ以降、七〇年代初頭まで、フィルム・ノワールが次々と製作された。ギャバンとアラン・ドロンの『暗黒街の二人』（一九七三年）、ジャン＝ポール・ベルモンドの『ラ・スクムーン』（一九七二年）辺りまでということになろうか。ちなみに、ジャン＝リュック・ゴダールの衝撃的なデビュー作『勝手にしやがれ』（一九六〇年）、このヌーヴェル・ヴァーグの代表作も、一種のフィルム・ノワール、言ってみるならフィルム・ノワールのパロディである。

『現金に手を出すな』は、中学二年生にはやや難解で重荷だったかもしれない。現にHは、ほとんど覚えていない。しかし、大木先生が勧めてくれたこの二作は、フランス映画の名作として、例えば仏文科の授業などで推奨される「文芸映画」とは、ジャンルを異にしていた。つまり、「おフランス」的ミーハーイズムとは無縁の、玄人好みの作品だったと言えよう。だから、先生のフランス文化への素養はかなりのものだったのではないか。しかし当時のHには、それを感知する能力はなく、大学で仏文科に入った頃には、先生と会う機会も少なくなっていた。

提出日記

もう一つ先生の事績で特筆すべきものに、「日記」がある。クラスの者に日記を書くよう勧めたのだ。それを提出させ、朱で誤字を直し、感想やら助言やらを書き入れて、返却してくれるのである。「交換日記」の一種、「提出日記」とでも言えば良いのだろうか。当時、流行っていたのだろうか。その勧めに応じた者が何人いたか把握していないが、Hは日記を書き始めた。A5判のノートブックに、鉛筆でひたすら書いていく。絵物語や、挿絵付きの「小説」のようなものを書いたことはあるが、読者を想定しない（大木先生を除いて）で、自由に文を書きなぐるのは、初めての経験で面白く、ともかく事細かにあらゆることを書き綴った。それにしても、大木先生の労働、並大抵のものではなかったろう。朱入れは、すべての日付ごとに行なわれていた。してみると、登校してすぐ提出し、下校の際には返却されたのだろうか。まあ、提出された何日分かをまとめて読んで、朱を入れたのだろうが、その日のうちに返却したのは確かだ。これが大勢の生徒から提出されていたら、応接に暇がなかっただろうが、実際はそれほど多くの者がこれを実践したとは思えない。それに、Hほど沢山書く奴はいなかっただろう。

この日記は、幸い残存している。それで見ると、これが始まったのは、一九五五年の一月からだった。三学期の初めだ。意外だった。記憶では、もっと前に始まったと思えたのだが……。これも記憶の美化作用の一つかもしれない。学年の終わりに始まったにすぎないものが、あたかも大木先生の一年間の担任任期の全幅をカヴァーするように、記憶されていたのだから。

大木先生による朱入れは、三年になっても続いた。三冊目の日記帳の終わりまで続いている。その最終日付は、五月二十四日である。三年に入ってもしばらくは続いたが、担任も代わったことだし、この辺で……ということになったのだろう。ちなみに、日記そのものは、高校に入ってもしばらく続き、高一の二月一日（一九五七年）まで続き、その後にずっと飛んで、七月三十一日、八月一日、八月十九日の三つの日付が付け加わっている。しかも、その三日については、何と対訳風に英文も付されている。英文日記の試みは、文字通り「三日坊主」で終わった。ただ、この間「文学ノート」と題するノートが記されており、高二の十二月から高三一杯続き、さらに大学に入った四月末の二つの日付も付け加わっている。その後、日記を付ける試みは断続的になされたが、この中学二、三年の時を除いては、長続きしなかった。

この日記には、先に述べた『黄河の水』のことも出てくる。一月十二日のことだ。ちょっと引用してみよう。

——学校では休み時間にすもうばかりやっていたが、昼休みの時、紀ちゃんが『先生が呼んでいるぞ、飯食ったらすぐこいって』といった時は、ギクリとした。それでもいってみると、大木先生は黄河の水という角川文庫の本を僕にわたして、『読んで見ろ』といった。おれはちょっと気がぬけたような感じがした。その本はどうやら中国の歴史小説らしいので、おれが案外、中国の事を（歴史特に三国時代）知っているので、読ませてくれたのかもしれない。それは中国史だ。特に三皇五帝の話や、太公望の所や、中学時代に出ていた、戦国のケイカがシン王をさそうとする話、それに三国時代、唐代の安ろく山の反乱等が面白かった。まだよんでいないが、さらにおれの興味の中心となるのは元代のところだろう。とにかくおもしろい。いままでわからなかった、中国の伝説もわかった。普通の本屋には学問的な事がのっていて、こまかい（例えば太公望のつりの話）事が出ていなかったが、そういう事もわかった。全体、中国史は面白い。つまり、日本史と比べて、大規ボだし、何回も同じような事が繰り返されながら、それがまた違った面白味をもっている。伝説にしても、日本の日の本の伝説に比べ、少し現実的でやはり大規ボだ。これを学校ではもちろん、帰り道、家で読んでいたが……。

ご覧の通り、漢字がきちんと入っていなかったり（実は「大規ボ」の「規」は誤字訂正された結果である）、書名や雑誌名が『　』ないし「　」で括られていなかったり（ところが科白はご丁寧に『　』で括られている）しているが、基本的に自分だけのために超スピードで書きなぐったものだから、まあ、よしとすべきか。念のため、ケイカは荊軻、シン王は秦王（後の始皇帝）。燕太子丹の懇望により、秦王暗殺を企てたが、あと一歩で取り逃し、殺害される侠客荊軻の物語。「風蕭蕭《しょうしょう》として易水寒し、壮士一たび去りて復た還《ま》らず」の別れの歌で有名な、あれだ。それについての絵物語が『中学時代』という雑誌に連載されていたのである。

生意気な物言いを寛大に受け止める先生

意外なのは、『黄河の水』の件が一月十二日、つまり三学期に入ってのことだという点である。もっと以前、二学期の中頃のことと思っていた。「日記」に記録されていなかったら、まあ、一生涯、そう思い続けたことだろう。提出日記と『黄河の水』を契機として、大木先生への評価と信頼が大幅に増進し、先生に対して「一種の友情のようなもの」が生まれたという前述の時系列は、少しく先送りしなければならなくなる。実際は、三学期になっても、大木先生への「反抗」は治まらなかったらしい。大木先生に呼ばれて「ギクリとした」というのも、その証左だし、他の日付には、「ホームルームでは大木先生に対して宣戦布告した」（一月二〇日）等の文言も見える。「大木先生も案外いい先生だ。西宮先生が悪くいっているので、一時は親しまなかったが、大木先生は本当の先生という形だ」（一月一三日）というのもある。この際、大木先生との関係の推移を示す文言を、いくつかピックアップしてみよう。

――どうしても先生に見せるという事がこの鉛筆に現れる。かきたい事も書けないし、別の表現をする。大木のやつが笑うかもしれないと思ってわざと良くかく、えんりょする。……悪口や女の事だって書かない、いや書けない。ぞん分の筆もふるえない。ただ一日の事件をうつすだけだ。……もし書こう書こうと思っていたのなら、それは日記のために生きているようなものだ。……その反面、日記のてまえ努力する場合もある。……なんでもかんでも書いてやる。大木が何を考えようと、何をいおうと、いいじゃないか。ほら、現に今、おれは大木がと書いたのをけして、おやじがか先生がに直そうとした。やはり大木先生に見せるという事が現れたのだ。書け、なんでも。おれの一日の事件よりも一種のうっぷんはらしになれ。悪口も言うぞ。(一月二四日)——これに対して、先生の「朱入れ」は、以下の通り。

——この事だけは言える。「大木を意識して書いてもいいじゃないか」「俺の心の一隅を大木に話したからと言って、俺に大木が何をするか、何の害を与えるか、大木はできない筈だ。何故なら、大木も俺と同じような事を考えて、あの年令まで来たからだ」と……。いや〜君はそう考えるべきだ。——ご覧の通り、かなり密度の濃い対話が成立している。しかも、いささかも「上から目線」ではない。なお、その日の日記の末尾には、「明日この日記に赤インクの文字が書かれるのを楽しみにして」と書かれている。Hは早くも、提出日記システムを完全に受け入れ、楽しみにしているのである。

——……それをすなおに受け反省するとか、その一言によってしずかにするとかいう事が何か恥ずかしい感じがした。「あいつは先生におこられて、急に静かになりやがった」といわれるようなのだ。だからわざとふざける。大木先生にしてもおれをなぐりつけたい事もあろうが……。このごろ先生のいうことがみなおれに当てはまるようで、なんだか気がひけるようだが、そのときもやはりテレかくしにふざけるのだ。今までまじめになっていても、ギクと思いあたることがあるとふざけだす。ちょうど正面を向いていた生徒が自分の事を言われて目をふせるのと同じだろう。……赤インクを楽しみにして。(一月二五日)——相変わらず、「反抗」は続いているが、ご覧のように、その内実を自己分析している。また、次のように、先生の立場に立って考えようとする姿勢も見える。——みながさわいだりするのがものすごくしゃくにさわった。しばらくぶりに指導の位置に立ったが、そのつらさも久しぶりに味わった。しかし彼等がさわぐのも、おれが大木先生を相手にさわいでいるのと同じなのだ。(二月三日)

——先生が国語の時間にいった言はたしかにおれにピーンときた。しかも彼のいう言はおれの日記に書いたものばかりなのでなおさらだ。おれがわざとふざけて「先生、職業上で得た知識はめったに出しちゃだめですよ」というと、彼は「かくすなよ」といった。(二月四日)——これに対して先生は、次のような文を朱で認めた。——僕もテレカクシにしたことであろう。恥のうわぬりということさ。アア、言わなくてもいいことを、と思った時に下手にあがいて、後悔の種をまくのだ。ユルセヨ!——つまり、率直に詫びたわけである。それにしても、Hの先生に対する物言いは、いかにも生意気である。それを寛大に受け止める先生との間に、一種の共犯性が成立していたことが窺える。

――大木先生の顔を見るとどうもふざけたくなってしまう。ふざけないと申しわけないようなつもりになって、頭にうかんだことをすぐいってしまう。（三月一八日）――これはすでに一月二五日に述べていることを補足する文言。甘え、照れ隠しの「構造」の分析。

生徒と先生の相互的共進化

――だからおれはやはり大木先生が好きだ。彼の、ひにくじみた、ひねくれたような言や考がおれの混乱しつつある感情にぴったりとあうからだろう。それに反して山下先生みたいに全くまじめにやられると、かえってそれに反抗したくなり、それを馬鹿らしいと思ってしまう。（六月一〇日）――紛れもない友情の宣言。師弟関係ではなく、考え方・感じ方の共通性の確認の上に立った共感関係にして、二人にしかわからない、甘えと目配せと演出のぎっしりと詰まった密かな共犯関係であるから、まさしく友人関係に他ならない。ただしこれは三年の六月の文言で、大木先生はすでに担任ではなかった。二年の三学期に始まった提出日記システムと『黄河の水』の企ては、こうして所期の成果を達成したのである。そう考えると、この二つは、あの手に負えない生徒をどうするかについて、冬休み中に熟慮したアイデアをついに実行に移したものだったのだろう（提出日記はHだけのものではないが、Hが最大のポイントであったのは確かだろう）。なお、山下先生は前述の通り、三年の時の担任。国語担当だが、やや教条的なモラリストで、主張を押し付ける傾向が見られた。

最後に、大木先生の「朱入れ」の例をさらに二つばかり。——皮肉と考えるな。何事も悪い方に悪い方にと考えるのは、自分を不幸にするものだ。人間に悪い人は居ないのだ。だまされてもいいじゃないか。大きくなるんだよ（一月一五日）。——大きい身体に細い神経。対照の妙だ（ヒニクにあらず）。ほほえましいんだ。善きかな（一月二〇日）。——提出日記開始の当初、Hは、細かいことをグダグダ書き綴って、意外の感を抱かせたらしい。外見からは想像できなかったのだ。「大きい身体に細い神経」の「対照の妙」という評は、その落差を最大限に受け止めようとした、先生の善意の表明だった。この「対照」は、今日に至るまで、Hの「性格」なるものの基本をなしているのも知れない。しかし、ことが外見と内実の落差なので、自分では捉えにくいものだ。

最後にもう一つだけ……（これは、刑事コロンボや『相棒』の杉下右京の常套手段だが）。——小沢の事、実質的にその事に関して僕の言葉は少なかった。にもかかわらず、よく判断してくれたと思う。君も何か判ってくれたようで、正直うれしいよ。僕も職業柄、色々見え過ぎることがあるんだ。そうすると何も言えないね。なぜなら悲しい事に、もう君達同様に物を観ることは不可能になってしまったんだ。原則的というより、厳密な意味でだ。でも、君達同様の眼を持つことも出来なければ、教師でないと言えるのだ（三月一七日）。——小沢というのは、次章で登場する小沢健二のことだが、この「小沢の事云々」については説明を差し控える。単なるコンテクストと捉えて頂きたい。要するに、最初は担任教師として、一段上に構えた指導者・助言者としての立場に立っていた先生が、今や対等の立場に立って（昔なら「男同士一対二」などと言ったかもしれない）、このような包み隠すことのない「正直」な表白をするに至っているということである。「日記」を通してHも「進化」したが、大木先生も並行してHに対して「進化」した、そうした生徒と先生の相互的共進化の如きものさえ想定できはしまいか（自惚れ、思い上がりかもしれないが）。しかも、三学期という短期間に、それは成し遂げられたのだ。教育者としての大木先生にとっては、大きな教育実践の成果だったろう。

「恋多き男」？

「日記」には、『第八ジェット戦闘機隊』と『トコリの橋』も出てくる。前者を観たのは、一九五五年二月五日（土）、後者は四月二三日とある。この時はすでに中三になっていた。どちらについても、戦闘場面の迫力への感動が綴られているが、『トコリの橋』については、柏戸についての記載もある。以下の通り。――グレイス・ケリーはよかった。おれはなんだか柏戸がグレイス・ケリーにどこか似ているような気がする。内田は『どうひいきめにみるのかわからない』というが、おれはちょっとにているると思う。

内田というのは、中二・中三のクラスメートだが、これについては措いておこう。問題は、グレース・ケリーと柏戸の類似について、初めて触れられているという点である。まるで、この時初めてそれを「発見」したかのような口振りだ。だとすると、中二の間に、『ダイヤルMを廻せ』や『裏窓』や『喝采』を観た時には、まだそれに気づいていなかったのだろうか。おそらく、そうではないだろう。もしその頃「日記」が始まっていたら、きっと二人の類似の「発見」が何度か述べられていただろう、と考えられるのである。如何せん、モノがないから、何とも言いようがないが。

ただ、思春期の男の子だから、女の子に対する思いも、日々千々に乱れる、ということは当然ある。例えば、内田から「やはりお前はOakではなくてMarketだ」と言われた、などという文言も見える。Oakというのは、柏戸の名の英語略称、Marketは市毛[章末註2]という女子のそれである。彼女は、小学校の同級生で、中学では同じ組にならなかったが、同じ塾に通っていた。前編で、「俺の女」的な気分、と示唆されていたのが、彼女だ（『ある少年H』一三六頁）。こんな具合に、親しい男子同士は「俺は××がいい」「俺は××だ」「お前はほんとは××なんじゃないか」とか、時には「××は君なんか目じゃないぞ」などと論じ合い、情報を交換し、互いに傷つけあったりもしていたわけである。柏戸が「高嶺の花」の「憧れの君」であることは確かだが、その時々の情勢と気分で、他の女子が妙に気になったり、意外に「いい」と気づいたり、自分に相応しいのは「やはり××だ」と思ったりするのだ。オマージュ（Hommage）を捧げるのは、あくまでも柏戸に対してだが、時に身近にも意外に「いい」娘がいることに気づく、という構図である。オマージュを捧げる「憧れの君」に対しては、己が値しないこと、己の「醜さ」を、日々ますます痛感する一方で、そうした「娘」たちは、こちらがその気になれば簡単に「なびく」ような気がしていたらしい。つまり彼女（たち）は妥協策ないし次善の手、あるいはもしかしたら「つれない君」に対するリベンジの手段だったかもしれない。少年H、それなりに「恋多き男」だった。

「三年生を送る会」

二月二十三日に「三年生を送る会」というのが行なわれ、Hは落語をやったが、柏戸はダンスを独演した。『裏窓』のグレース・ケリーのような「白い薄衣」をまとって、舞台狭しと踊るその姿は、実に魅惑的だった。曲は、「日記」に「春の歌」とあるが、記憶では間違いなく「モッキン・バード・ヒル」だ。パティ・ペイジの歌で当時流行っていたのだろう。その日の日記は、以下の通り。

——……おれが落語をやるのだが、三年生の中に鈴木義男君がいるので、うまくやろうとあせったが、やはりあそこへ出ちまうと落ち着いちまって、いろんな事がよくでてくる。それにちょっとの事でもわーと笑うから、ごまかせる。

花束ぞう呈等ではおれは倉☆を見ていたが、柏戸が踊るのを見たらもう全々関心が無くなってしまった。塾へ行った時なんかも、市毛の事なんか全々気にかけなくなってしまった。ポカーンと見ていた。きれいだった。

帰ってからはゴロゴロしていた。どうもやる気がしない。「春の歌」のメロディがうかんでくる。

大木先生が俺が落語をやる前に「柏戸がおどったからあがったりしないか」といったのにはおどろいた。

塾へ行ったら、花房が大木先生が「石崎がポワーンとなっちまわないか」といったといった。おれは赤面したが、何だかうれしかった。

中学コースに単なる感情の一動揺にすぎぬものを恋愛と誤解して、小さな悲喜劇を演ずるのもこの頃に多いとあった。おれの、いやおれたちのもこれかもしれない。つまり経験が浅いのだろうが、美しかった。……


鈴木義昭君というのは、桶屋の鈴木のこと（『ある少年H』一九五頁）。Hが自分より優れた落語少年と認めていたあの彼だ。ちなみに翌日の日記には、「学校へ入ると一年のやつらがおれの顔を見て『落語だ、落語だ』というのにはへいこうしたが、うれしくもあった」とある。落語は上出来だったのだ。倉☆は、同じクラスの女子。意外に「いい」などと思ったりしていたが、クラスを代表して三年生への花束贈呈を行なった姿に、少し「心が動いた……が」ということ。

花房は、やはり小学校が同じだった女子。小学校の教頭の娘で、同じ塾に通っていた。大木先生は、Hが柏戸のダンスで陶然となって、落語の出来に響くのではないかという懸念を、やや揶揄い気味に、当人にも他の者にも漏らしていたわけで、だからHの柏戸への思いを、花房も、同じ塾にいた市毛も知っていたことになる。この日の日記で特筆すべきは、シニカルな少年Hにしては珍しく、「きれいだった」「美しかった」という素直な言葉で感歎が吐露されている点である。口に出さずにはいられなかったのだろう。三年になると、再び柏戸と同じ組《クラス》にはなるが、教室の前の方で男のクラスメートとにこやかに語り合う柏戸の姿を、後ろの席から羨望を押し殺しながら見ている、ということになるのだった。

それにしても、よくぞこの日記が付けられた、とつくづく思う。そしてよくぞ残存してくれた、と。これはもちろん、記憶で歪められない「一次資料」であり、中二の三学期から中三のHの実像を伝えてくれる。そこで浮かび上がって来ることのうちの重要な一つは、Hがかなり厄介な、手の付けられない少年、より具体的に言うと、規律を守りにくい、秩序撹乱的な生徒だったということである。小学校一年の時に、まさしくそうだったことは、前編（四「才能ある（?）少年」）で述べたが、それは学齢からして大いにあり得ることだった。しかしその後、小学校ではかなり「出来の良い」児童になったように記憶しているが、どうして、中二の彼は、ほぼ最後まで従順ならざる生徒であり続けたようなのだ。大木先生は、そんな生徒に対して、全身で、全人格を動員して、寛大に、しかし持ち前の皮肉な精神をも適切に発揮しつつ、取り組んで下さった。ただHのそうした傾向は、高校でも再発した局面があるし、大学でも覚えがなくはない。その辺についても、検討の必要があるだろう。

註1　柏戸ひろ子　東京女子大学英文科に在学中から、演劇活動を始め、劇作を行なう。作品としては、「絶崖」（一九六七〔昭和四十二〕年）、「袿《うちき》」（一九六九〔昭和四十四〕年、岩波ホールにて初演）、「夢にてやあらん」（一九七二〔昭和四十七〕年、三越劇場にて初演）、「忘れ扇」（一九九一〔平成三〕年、明治座にて初演）、舞踊劇（東をどり）「雁の行くえ」（二〇〇一〔平成十三〕年、新橋演舞場にて上演）。劇作では、歌舞伎の台本の制作を志向した。また、テレビドラマの脚本も多数執筆。主なものに、日本テレビ木曜ゴールデンドラマの枠で、「あたりはひとり」（北林谷栄、泉ピン子）、「他人家族」（若尾文子、奈良岡朋子）、フジテレビで「伯爵夫人の肖像」（山本富士子）などがある。なお、この資料は柏戸氏によって提供されたものである。

註2　市毛富美子　多摩美術大学を卒業後、タイガー立石（一九四一～九八年）と結婚（一九六四〔昭和三十九〕年）、彼のパートナーとなり、一九六九（昭和四十四）年より、彼とともにイタリアに移住（一九八二〔昭和五十七〕年）に日本に帰還）。タイガー立石の逝去（一九九八〔平成十〕年）後も、自由な芸術創造活動を行なっている。タイガー立石は、アヴァンギャルド的な作風でデビュー、和製ポップアートの先駆けと評される画家。やがて、親交のあった赤塚不二夫の影響下でナンセンス漫画にも手を伸ばし、のちに作陶にも進出した。なおこの注については、市毛氏よりご了承戴いている。

五　グレイトマンよりグッドマンに

少年Hが、新憲法（日本国憲法）下での新たな学制の初年度に小学校一年生として入学した学年に属することは、すでに述べた（『ある少年H』四二頁）。その際、「戦後初年度生の誇りのようなもの」を抱くようになった、とも述べているが、もちろん、一九四七年に入学した時にそのような自覚に達していたわけではない。

Hより四、五年上の人、終戦の年に学齢に達していた人は、すべてがひっくり返った激変を体験し、昨日まで「大日本帝国の小国民」たる者の「本土決戦」に向けた覚悟を説いていた教師たちが、「これからは民主主義の世の中だ」と言い出すのを、目の当たりにして、理想を謳うあらゆる言説（つまりはイデオロギー）への猜疑心と、定言命令を押し付ける大人たちへの不信感を抱くようになったかもしれない——もしかしたら、そのような激変を体験するには、さらにもう少し年上でなければならなかったかもしれない——が、Hは「終戦」の時に、まだ五歳にもなっていなかった。

教科書に墨を塗る――『瀬戸内少年野球団』

Hたちより上の学年の者は、ある日いきなり、戦時中の「アカイ、アカイ、アサヒ、アサヒ」の教科書に墨を塗るよう言われたのだ。＊幸い終戦は夏休み中のことだったから、どの箇所に墨を塗るかは、二学期の授業が始まるまでに十分検討することができたため、その点で不必要な混乱を招くことはなかった、のだろう。

それにしても、夏休み明けの最初の国語の授業で、一年生の担任の先生は、何と言ったのだろうか。「みなさん、お早うございます。もうみんなお家《うち》の方から聞いて知っていると思いますけれど、戦争は終わりました。そこで、みなさんに勉強してもらうことも少し変わりますので、教科書も少し変わります。今から言う箇所は、必要がなくなりましたので、墨で消してください」とでも？

＊　教科書に墨を塗るという行為ないし事件を描く作品はないかと思い巡らしたところ、作詞家の阿久悠に『瀬戸内少年野球団』（一九七九年）という小説があるのに思い至った。篠田正浩による映画は、大分前に見たことがあった。あの伝説的な故夏目雅子の最後の作品で、戦争で片足を失って帰還するその夫は、郷ひろみだった。そこで早速小説を読んでみたところ、第二節のタイトルが「黒ぬりまつり」とあって、大いに期待が高まった。阿久悠は、一九三七（昭和十二）年二月生まれだから、終戦の年には早生まれの小学校（厳密に言えば、国民学校初等科）三年となる。そこで主人公竜太は、小学三年の夏に終戦を迎え、まさに二学期の初日に教

科書を墨で塗りつぶすことになるのだ。しかしその節は、八月十五日の後の長い虚脱の夏休みの最後の日、明日から学校という日のことを語るばかりで、学校の初日の黒塗りのことは、最後の四、五行で済ませている。ただその数行は、重い喚起力を発散している。

学校のはじまりは、教科書を墨で真黒にぬりつぶすことからだった。

夢も希望も正義も全てが墨に埋もれてしまった。

竜太は、顔にも心にも墨をぬられた思いだった。（三七頁）

しかし、それだけでは終わらない。次の節「コロとヘラ」で、虚脱したように、コロと称する退屈な遊びで時を過ごす子供たちの姿を教員室の窓から眺める、夏目雅子扮する二十歳になったばかりの中井駒子先生の忸怩たる反芻の中で、墨塗りの措置のことがより具体的に語られる。校長と教頭が各教室をまわり、「墨ぬりの儀式を行う責任をとってくれた」（四一頁）というのである。なるほど、学校の指導部としては、良心的な取り組みをしたわけである。こういうやり方がどの程度通常だったのか、今のところ調べる手立てはないが。いずれにせよ、具体的にどのような説明がなされたのかは、不明のままではある。

ちなみに竜太の祖父は警官であるため、駐在所の入り口には、POLICE SUBSTATION という看板が打ち付けられたり、進駐軍が明日「検査」に来るというので、竜太が描いた絵（零戦《ゼロせん》や戦艦大和や陸奥や、特攻機を見送る飛行基地の）を燃やすよう祖父から頼まれたりする。教室では教壇が廃止になり、授業は級長の竜太を中心に横並びで進めるとされたり、翌年の新学期には男女共学が実施され、竹の鞭で生徒を殴っていた厳しい教師は、怒ることをやめ、男女平等を口にしながら、「無駄な抵抗したらあかん」と「世の中に慣れて」（七五頁）行くことを説く、といった、終戦直後の出来事が点描されていて、この小説、なかなか面白い。

特に次のようなエピソード。実物の図体のでかいアメリカ兵がジープで疾駆するのを見た時、我らが軍国少年竜太は、敗戦を実感する。神社の石段をジープで登ってしまうのだ。大江山の酒呑童子や羅生門の鬼のような彼らと戦ったら、肉体的に勝ち目はない。多くの子供たちが、たちまちGIの取り巻きになって、新聞紙で折ったGI帽をかぶって、「ギブミーや、ギブミーしてんか」とキャンディをせがむようになる風潮を頑として拒否する竜太は、自宅たる駐在所の畳の上に土足のまま上がって来た進駐軍兵士への怒りに駆られ、襲撃を決意する。そしてジープの帰り道を見下ろす丘の上で、爆弾代りの石ころを積み上げて待機する。果たして砂ぼこりがジープの接近を告げ、やがて目の下を通り過ぎたが、何も起こらない。石を握りしめた竜太の指は硬直し、一本一本剥がさなければならなかった。

日本の無条件降伏を承けて、日本進駐を開始したアメリカ軍は、あの精強にして狂信的な日本兵がこのまま大人しく恭順するとは信じられなかったが、進駐開始の当初より不穏な動きらしきものは一切なく、改めて天皇の玉音の威力を実感した、という話を聞いたことがある。それはそうなのだろう。しかし、日本国民一般の厭戦気分（特に空襲で徹底的にやられた東京圏の）にとって、降伏は望み得る唯一の救いだったこととともに、実物を目の当たりにするアメリカ兵の肉体的・物質的な圧倒的優位も、主たる要因だったのだろう。こんな相手に勝てるはずはないと、誰もが納得したのである。だとすると、この竜太少年のエピソードは、あの時、軍国主義的気分を保持していた者たちの反応を集約的に象徴させるために、少年の「幼稚な」心の動きに仮託して、「創作」したものなのだろう。小説だから何でもできたわけだが、少し話が紋切り型に過ぎたのではないか。この実物のアメリカ兵との最初の接触の衝撃については、一九三〇年生まれの野坂昭如も『アメリカひじき』（一九六八年度直木賞受賞作）で描いている。

なお、土足のまま畳の上にという場面、映画では、夏目雅子扮する中井駒子先生が敢然として進駐軍士官に是正を訴え、了承される、という風になっていたと記憶する。

延山小学校

Hたちは、最初から、綺麗な新教科書「お花を飾る、みんないい子……」を支給されて授業を始めたのだから、こうしたグロテスクな激変は、身をもって体験することがなかった。それでは民主主義教育はどのように行なわれたのだろうか。小学校の期間については、あまり覚えはない。ホームルームの時間というのは、あったと思う。学級委員の選挙も行なわれたはずで、だとすると、この時間に行なわれただろう。戦前はこの役職、級長と呼ばれており、担任からの指名だったのだろう。それを男女二人ずつくらい選挙で選出するようになったのだと思うが、具体的な選挙の場面に覚えはない。当然、無記名投票を行ない、それを開票して、黒板に正の字を書いて得票数を表示する、というのが想定される場面だろうが、そのイメージの覚えがまったくない。Hは確か、三年の半ばくらい（二学期か三学期）から学級委員を「拝命」するようになったが、まったく覚えがないとするなら、もしかして選挙は行なわれず、もっと簡略化された手続き（例えば、推薦された者を拍手で承認、というような）で選出が行なわれていたのかもしれない。

生徒会も、当然小学校にもあったはずで、あったとすれば、Hは委員に選ばれていただろうが、これにも覚えはない。一つだけ、運動会の際の放送係をやったことを漠然と思い出したが、それも何年の時のことかはっきりしない。戦後民主主義の日常的実践の中での教え込み、と言うべきものの具体的な記憶はないのである。おそらく、校長の訓示のような機会に、民主主義の理念などが説かれることはあっただろうが、その記憶も一切ない。校長の訓示で今はっきりと思い浮かんだことがあるが、それは、「それはアア、今日においてエエ、非常にイイ、大切ですウウ」という具合に、やたらと「語尾（?）」の母音を引き伸ばす人がいたっけ、ということにすぎない。まあ小学生だから、その程度の記憶でも仕方なかろう。いずれにせよ、民主主義教育の具体的な記憶はまったくない。あまり行なわれていなかったのか、行なわれていたのに、心に残る経験がなかったのか……。わが母校、延山小学校*が特に行なわれていなかったとするなら、他の小学校でもそんなものだったのか。そうだったのか。

＊　延山小学校の創設は一八八一（明治十四）年。ただし、その前身というのがあって、一八

七四（明治七）年に、中延村と小山村の二ヶ村組合立で設立された中山学校（中延の中と小山の山で、「ちゅうざん」と読む）がそれである。今でもその校長、彦坂彦右衛門の髷に帯刀姿の写真は、延山小学校の校長室に初代校長として掲げられているという。この学校は、四年後の一八七八（明治十一）年に廃校となり、京陽学校（戸越村、中延村、小山村、三ヶ村組合立）に統合されたとあるが、これは当初の二ヶ村に戸越村が加わっただけだから、拡大というべきか。さらに三年後の一八八一（明治十四）年に、中延村・小山村二ヶ村組合立による延山小学校が設立された。要するに、当初の二ヶ村組合立に戻って、校名が変わったわけである。全校一学級、児童数は三十名だったとある（以上、品川区教育委員会「延山小学校の今昔」）。面白いのは、「二ヶ村組合立」である。一ヶ村なら、村立ということになろうが、こうやって数ヶ村が小学校設立・運営のための組合を作っていたというのは、今回初めて知った。当時の村は、今なら字《あざ》に相当するくらいの大きさで、都市なら町（ちょう・まち）に相当する。地理的には、戸越、中延、小山の三ヶ村の領域は、ほぼ現在の品川区荏原地区に相当するのではなかろうか。

実は何やら、わが延山小学校は、一八七二（明治五）年の学制発布によって設立された、日本の最初の小学校の一つだ、という確信があったことを思い出した。ものの本によれば、この学制発布により、一八七三（明治六）年一月十五日設立の東京師範学校（現在の筑波大学）附属小学校を皮切りに、一八七五年には、ほぼ現在と同じ約二万四千校の小学校が全国に設立された、とのことであるから、わが延山小が初代小学校の一つであることは間違いない。それにしても、学制発布を承けて、全国津々浦々の村や町の指導層が一斉に学校設立に取り組んだその気運には、賛嘆すべきものがある。ある程度、今日言われるところの「同調圧力」などもあっただろうが、「邑《ゆう》に不学の戸《こ》なく、家に不学の人なからしめん事」（明治五年の文部省布達）との理念に、「草莽《そうもう》」が熱烈に賛同・呼応した様が目に浮かぶ思いがする。折しも福澤の『学問のすすめ』（明治五年）が出たばかりで、この布達の中で強調されている、「学問」はあまねく天下万民が行なうべきものとの観念は、まさにそれに呼応する明治啓蒙主義の顕現と言えよう。

時の文部卿は大木喬任《たかとう》、佐賀藩の出で、江藤新平、大隈重信、副島種臣らと尊王運動に挺身、維新後は明治新政府に出仕、民部卿、文部卿、教部卿、司法卿、参議などを歴任し、神風連の乱と萩の乱の事後処理に当たっている。江藤や大隈のことも考え合わせると、幕末の佐賀は最も啓蒙主義的ないし民主的議論の気風があったようにも見える。長州、薩摩、土佐の幕末維新に比べて、佐賀の幕末が国民常識的にほとんど知られていないのは、不当ではなかろうか。NHK大河ドラマは、昨年（二〇二一年）の渋沢栄一で幕末の水戸と関東の草莽の沸騰の様をそれなりに描き出したが、今度は佐賀を取り上げるべきではなかろうか。

さて延山小学校、一八七五年にほぼ現在と同数の小学校が設立されたと言われると、まるでそれ以来、日本の小学校の数は固定されているかのように思ってしまうが、さにあらず、当時で小学校就学率は三二％、就学率も上がれば、人口も増える、で小学校は統合や新設を繰り返したはずである。現に延山の近くでも、第二延山小学校は一九二八（昭和三）年、旗の台小学校は一九三四（昭和九）年、清水台小学校は一九五八（昭和二十八）年設立である。特に第二延山は、名前からして最も近しく、それだけにライバル意識のようなものがあり、「延山学校ボロ学校、上がってみたらいい学校、第二延山いい学校、上がってみたらボロ学校」という歌があった。第二延山は立会川の畔にあり、そのすぐ下《しも》には、昭和医大（現在の昭和大学）のキャンパスと病院が連なっていた。その間を走る道は間もなく坂道となり、それを上った平坦な台地にはお屋敷街が広がっていた。延山が商店街や異種混合的な住宅街の雑多な階層の児童を収容していたのに比べると、上位中産階層の児童が多かったようなイメージ（もしかすると僻《ひが》み混じりの）があった。校舎も、やや重厚で古めかしい延山に比べると、瀟洒でモダンな感じがした（ようだ）。この歌は、「ボロ学校」であることを受け入れて、中身で勝負しようとしている、屈折を巧みに駆使した、なかなかのものだと思うが、如何？

「この丘、われらのオオ、荏原五中」

しかし中学になると様相は一変する。「戦後民主主義」的な思い出の映像が次々と湧いて出てくるのだ。その一つは、生徒会役員選挙にまつわる映像で、桜が満開の頃、坂を登ってキャンパスの外側の道に入ると、校舎の二階の窓から大勢が顔を出して、登校中の者たちに手を振り、

「お願いしま～す」と口々に叫んでいる、というものだ。この映像の中で、一人だけ顔に見覚えがある男子がいて、これは確か学年が下の「あいつ」だ、というところまで覚えている。ただ、そいつの名前も知らないいし、この場面以外でのそいつには覚えがない。何となく、もう少し知っていたはずだという思いが、蟠《わだかま》ってはいるが……。

生徒会役員選挙には立候補したこともある。これは近年、機会があって中学の同期生何人かが集まった折に、一年の時に同じクラスだった田村君が思い出させてくれたことで、仲間から一人役員を出そうと語らって、ジャンケンをして候補者を決めた、というのだ。負けた者が候補者となり、他の者は応援をするという取り決めだったが、果たしてHが負けてしまった。そこで運動が始まったわけだが、騎馬戦の騎馬を組んで候補者が上に乗り、幟などを持つ者が付き従って、「☆☆をお願いしま～す」と呼び回った。実はこの記憶、自分にはない。ただ、休み時間の運動場で、こんな形の選挙運動が入り乱れて行なわれていた映像は、何となく浮かんでくる。当選したかどうかも、実は覚えていない。

「この丘、われらのオオ、荏原五中」と校歌が歌っているように、母校、荏原五中は丘の上にあった。中原街道のことはすでに述べたが、Hの家を中原街道に出た辺りでは、中原街道の西側に並行して立会川が流れているが、やがて両者は交わって街道が川を越えたところを左に曲がると、池上線旗の台駅に向かう商店街になる。要するに、家を出てから、立会川の河谷へと緩やかに下っていくわけである。旗の台駅は、下を通る池上線とそれを跨ぐ大井町線とが合体した駅だが、池上線駅の小さな駅前広場の前を通って、踏切を渡って進むと、丘の麓に出る。そこからはかなり急な坂道で、それを登ると右手が五中のキャンパスだ。ちょうどその向かいに、巨人の中尾碩志《ひろし》投手の邸宅があった。戦前から活躍し、戦後も一九五七年まで主戦投手として、別所や藤本らとともに活躍した名選手だ。

五中へは、毎朝ご近所の同学年二人と連れ立って通学していた。元島君と半場君である。家の工場側の斜め向かいの一画は、何やら中庭を分解したような区画で、真ん中をうねうねと不規則に通る路地の両側に小さな家がびっしりと並んだ「低級」住宅街となっていて、それを突き抜けたところに、板塀で囲まれた元島君の家の門があった。彼のお兄さんは一流校に通う高校生で、制服に学生帽のその姿は、いかにも立派な大人と見えた。Hは、家の職人など大人には慣れていたが、やはり当時の一流校の高校生は、何やら威信に満ちていたのだ。半場君とは同級生で、確か「ミキちゃん」と呼んでいたが、彼は「低級」住宅街の住民で、貧乏が一目瞭然の栄養の行き渡らなそうな小柄な体付きをしていた。例えば、画用紙なども満足に学校に持って来られず、一度など、半分のサイズの画用紙に絵を描いて提出して、先生からからかわれたりしたこともあった（今から考えると、心ない仕打ちということになる）。

後年、Hが大学生になっていた頃、件の路地の入り口のあたりで数人が縁台を出して飲み食いをしており、よく見るとHの母親もそこにいた。Hに気づいた母が手招きするので近寄ってみると、「この人、ミキちゃんのお父さんよ」と向かいの男を指さした。初対面の挨拶に続けて、半場君の父親は、「今いますよ、呼びましょうか」と言った。別にどちらでも良かったが、そうこうするうちに、半場君が姿を現した。相変わらず小柄な体躯をダブダブの背広に包んで、まるで父親か兄貴のお下がりを初めて着たような格好だった。ヘェーッと思った。ともかく、一人前の社会人として立派に生きているではないか。笑いながらのいい加減な受け答えも、それなりに様になっていた。Hは軽く安堵し、祝福する気分になったものである。

立会川と旗ヶ岡八幡神社

五中のキャンパスは、ちょうど丘の縁にあって、北側は崖になっていた。その下に、一年の時の同級生遠藤君の家があって、結構広いその庭の様子は、教室からよく見えた。目を駅の方に転ずれば、ちょうど大井町線の線路が同じレベルに見渡せた。もともと旗の台駅は、一九五一（昭和二十六）年に池上線の旗ヶ岡駅*と大井町線の東洗足駅の位置を少しずらして合体させたものである。思えば、Hの中学入学の二年前のことだ。池上線で蒲田方面に行く時には、旗ヶ岡から乗車しただろうから、何度か利用したことがあったような気がする。

＊ 旗ヶ岡という駅名は、旗ヶ岡八幡神社に由来する。この神社、源氏縁《ゆかり》の神社で、石橋山の合戦に敗れて安房に逃れた頼朝が、再起して鎌倉を目指す途上で立ち寄って戦勝祈願をしたと、長らく思い込んでいた。立会川は、その際、平家方の鎮圧軍と川を挟んで対峙したところから、その名があり、戦勝祈願もその時のことだ、と確か言われていたのである。ところが今

回、念のため確認したら、源氏は源氏でも、頼信（かの頼光の弟）であることがわかった。頼信は、摂津源氏の本家、漱石の『坊ちゃん』の主人公のご先祖様たる多田満仲の次男、平忠常の乱の鎮圧を命じられて、嫡男頼義とともに坂東に下向した際に、この地で何やら霊威を感じて、八幡大菩薩を奉って戦勝を祈願したというのだ。

立会川の名称についても、鈴ヶ森へ送られる罪人と最後の別れを遂げる（立ち会う）ところなど、いくつかの説があるが、定説はないという。頼信・頼義父子については、八幡大菩薩の霊験灼《あらた》かだったのか、平忠常は戦わずに降伏した。これをきっかけに、坂東八平氏と称された関東各地の平氏系武士団の多くが、頼信父子の武勇に信服し家人となった。また、頼信の前に平忠常討伐を命じられていながら果たせず、更迭された平直方が、是非にと願い出て頼義を娘婿とし、鎌倉の邸宅や所領、さらには郎党をも譲り渡したという。平直方の娘との間には、八幡太郎義家、賀茂次郎義綱、新羅三郎義光が生まれ、鎌倉を拠点として、坂東が源氏の勢力地盤となった。その後、前九年の役、後三年の役を戦う源氏軍の基本体制は、こうして形成されたわけである。

かように旗ヶ岡八幡神社は、源氏に縁の深い神社だが、鶴岡《つるがおか》八幡宮ともう一つを並べて、三大「名前に岡が付く」神社、と誰かに（多分、祖父だと思う）教わった覚えがある。三つ目の神社がどれなのか、富岡《とみおか》八幡宮かなと思ったが、源氏との縁があるような記述には出会わなかった。それに、「つるがおか」と「はたがおか」は、名称にが付くのに、「とみおか」には付かないから、やはり違うのかな、と思ったりする。

いつのことだったたか、旗ヶ岡八幡神社で御神楽を観たことがある。祭礼の日に何とはなしに境内に入り込んで、大勢の観客にまじって立ち見で観た。神楽は天の岩戸だった。珍しく弁士（?・）が付いていて、舞台の下手に立って、話の筋をマイクで語っていた。お陰で話がよくわかり、最後までそのまま見物し続けることになったのである。中学生になっていたか、もっと前だったたか、少なくとも中学二年になるより前だったという気がする。天の岩戸の話をこの御神楽で初めて知ったような気がするからだ。Ｈのことだから、それくらいもっと前に知っていてもおかしくなかっただろうが、あるいは、当時は日本神話は自粛されて、それほど少年雑誌などに登場しなかったのかも知れない。一つ明瞭に記憶に残っているのは、弁士が「天照《あま》らします大御神」と言っていたことである。これをよく覚えているということは、「天照らす大御神」の名は知っていたということだろう。それにしても、神道の世界では「天照らす」を「天照らします」と呼ぶのだろうか。それとも、この弁士の創見なのだろうか。

校舎内土足歩行制

「戦後民主主義」的な思い出としてはもう一つ、何と言おうか、あえて言うなら「国家観」アンケートとも言うべきものが行なわれたのを覚えている。「あなたの考えを聞かせてください」とあって、「◎ 国家とは、国民の福祉と幸福のために存在するもので、云々」というような選択肢が五つばかり（?）並んでいて、その中から自分の考えに合致するものを選ぶ、というものだった。「◎国家とは、支配階級が民衆を支配するための道具である」といった、マルクス主義的国家観は、あったかなかったか。Hはどうやら、「国民は国家のために尽くさなくてはならない」といった、戦前イデオロギー的な選択肢を選んだように記憶している。これはいつ行なわれたものか、おそらく中二の早い時期だったのではないか。まだHが、祖父の思想圏に留まっていた頃と覚しいからだ。祖父が常日頃そんな思想を教え込んでいた、というわけではない。ただ、改まって訊かれるとそう答えてしまうような「思想環境」にはあっただろう。それに、後でゆっくり述べるが、この頃読み漁っていた講談本の「思想環境」もあった。いずれにせよ、選択肢で明瞭に覚えているのは、これだけである。なお上述の「国民の福祉云々」は、あくまでも一つのモデルとして筆者が試作したものにすぎない。

　それにしても、このアンケート、どういう経緯で実施されたのだろうか。文部省ないし都ないし区の教育委員会のレベルで、全国的ないし全都的ないし全区的に行なわれたと考えられるのだが、ある意味では思想・信条の調査であり、その自由に干渉しかねない。仮にその意図がなかったとしても、その嫌疑の余地は十分にあるのではなかろうか。そういうものを、果たしてそうしたレベルがあえて行なうものだろうか。となると、一つ思い当たるのは、鳥生《とりう》校長の下で、新進気鋭の張り切りガール、折井先生辺りがイニシアチヴをとった、という想定である。他に、共産党系か日教組の活動家風の男性教員がいたが、もしかしたらあの教員も一枚噛んでいたかもしれない。彼は、総選挙が近づいた頃、「人より党で選ぶべきだ」と教室で勧めたことがある。グレゴリー・ペック風の美丈夫で、臨海学校の宴の場で数学の女の先生が、「男の中の男、K……先生」と、シュプレヒコール風に拳を突き上げて叫んだ後、自分がしたことに気がつき、えらく狼狽した、という場面がある。ハハァ、あの手のごつい顔は、「男の中の男」の顔なんだな、と妙に納得したものだ。

さて、いきなり伏線もなく登場させた鳥生校長と折井先生を紹介しなければならない。まず鳥生芳夫校長。この方は、Hの中二の新学期に就任された。就任早々実行されたことが、校舎内土足歩行である。普通、学校の類いは、入り口で靴を脱いで「上履き」なるものに履き替える。そのために入り口には「下駄箱」（近頃は「シューズボックス」と言うらしい）が並んでいて、個人個人のボックスが決まっており、そこに上履きが入っている。個人のボックスには蓋が付いているが、鍵は付いていないので、例えばラヴレターなどを忍ばせることができて、無数の胸のときめきの装置となったものだ。この上履きへの履き替えをせずに、そのまま土足で床の上に踏み込むことになったのである。そのために、床には何らかの油が塗られた。新学期に登校した者たちは、下駄箱が取り払われて広々とした入口と、何やら赤黒くテラテラと油光りしている床を目の当たりにして、いささかたじろいだのであった——というのは、単なる素直な想像で、実際にその光景が目に浮かんだわけではない。例えば、下駄箱は片隅に押し付けられていたかもしれないから、入り口がそれほど広々と開け放たれていたわけではなかろう、といった留保はいくらでも付く。

この方式、要するにアメリカのハイスクールの方式なのだ。鳥生校長はクリスチャンで、おそらくアメリカ留学の経験があった。戦後の新しい中学校が、旧態依然たる日本家屋的な土足厳禁主義を踏襲しているのは、いかにも因循姑息と見えたのだろう。官庁や会社は、あるいは大学などは土足主義でやっている。それなら中学でもやるべきだし、やれないことはない。

よく考えてみると、新任の校長のこれだけの大英断が就任と同時に実現してしまうというのは、考えにくい。それなりに議論や根回しも必要だったろうから、早くても、夏休みを経た二学期始業時を待たねばならなかった、と考えるべきだろう。それにしても、当時の中学でこのようなことを実施した例は他にあったのだろうか。前代未聞だったのではなかろうか。例えば慶応幼稚舎や、ミッション・スクール系（となると、青学中等部も有力候補になる）のようなハイカラな中学は、どうだったのだろう。ここで端なくも開けたのは、「日本の中学校における土足主義」（中学校だけに限定する必要はないが、取り敢えず）という問題領域であるが、もちろん筆者にはその調査研究を行なう余裕はない。

フランス料理のカレーライス？

よくよく考えてみるなら、そもそもこんな着想を実行しようとすること自体、稀有で、もしかすると奇矯なのではないか。いずれにせよ、不退転の決意が必須だろう。鳥生校長は、前任校でこれを実現したのだろうか。中学校長の任期は、せいぜい四、五年のようだから、その間に着想して働き掛けを開始しても、任期中に実現するのは難しい。あるいは次の担当校でこれを実現するのを条件にして、就任したのだろうか。それにしてもこんな提案、端《はな》から相手にされないのが普通だろう。よほど部内で定評があり、買われているのでない限り。

もしかして進駐軍筋に顔が効いた、ということがありはしないか。サンフランシスコ条約の発効で日本占領が終了したのは一九五二年四月二十八日、鳥生校長の荏原五中就任は一九五四年三月末日だろう。都の教育界で理解者・支持者が現れたのかもしれないし、場合によっては占領下で言質を取ったのかもしれない。あるいはもうお手上げ状態で、「仕方ない、やらせてみるか」となったのかもしれない。ともかく、事は成就した。そしてHたちは、めでたく土足で学園生活を始めたのである。筆者としては、あれこれあらぬ推理を逞しうしたが、案外あのような措置は珍しくなく、どこでもやっていたよ、という事態が「発見」されるなら、それはそれで大いに喜ばしいことと思う次第。

さて、アンケートの件だが、これは鳥生校長が、結構、独断専行を押し通すことが許される人物であると仮定すると、やはりわが荏原五中だけの独自企画だったのかな、という気がする。鳥生校長については、「本番」はこれからだし、張り切りガールの折井先生の話もまだなのだが、その前に一つだけ前任の校長の話をしたい。古賀という名だったと思っていたが、今回調べてみると、池端数馬だった。そう言われてみると、なるほどと思えてくる。

中一の夏の臨海学校のことである。まず、臨海学校なるものが初めての経験だった。場所は千葉の保田《ほた》か岩井。多分一回目は保田で、二回目が岩井だったと思う、と書いて、実は自信がなくなった。というのも、二年の夏には八ヶ岳の麓の野辺山高原での林間学校があったからだ。まさか一夏に林間学校と臨海学校に参加するということはないだろう。ただ臨海学校も、少なくとも二回参加した覚えがある。となると一回は小学校の時だったことになる。そう、多分そうなのだ。

＊保田は、若き日の漱石が学友と滞在したことで知られている。一八八九（明治二十二）年、第一高等中学校（一高の前身）時代の夏休みだった。保田は鋸山の登り口だが、この山は全域が日本寺の境内となっており、その表参道は保田から発する。漱石はこの山＝境内に登り、「木屑録《ぼくせつろく》」と題する漢文の紀行にその様子を記しているが、中に七音十二行の漢詩がある。その三行のみ書き下し文にてここに示す。「ああ嘆かわしいかな一千五百年　十二の僧院空しくあとなし　ただ古仏の霊山に坐せらるるありて」……。またこの体験を生かして、小説『こゝろ』にも保田を登場させている。主人公の先生が、のちに自殺する、恋のライバルのKと行くのだが、船が最初に着いたところが保田だったので上陸したまでだ、「非道い漁村で、何處も彼處も腥《なまぐさ》い」（「先生と遺書」二十八）と、邪険な書きようである。

実は、初めての臨海学校については、こんな思い出がある。臨海学校の説明会が行なわれて、母も参加した。そして大いに気に入って帰ってきて、感に堪えぬといった口調で言うことには、「食事はフランス料理だってさ」。献立は何かというと、カレーライスだとのこと。フランス料理のカレーライスなど、今なら立ち所に「そんなもの、ありゃしないよ」と気がつくところだが、まだカレールーが出回っていない当時、家でカレーライスを作るのは結構大変だったのではないか。食堂で食べるご馳走だったのだ。そんなわけで、フランス料理のカレーライスも楽しみの一つにして、臨海学校に参加したわけだが、果たして供されたカレーライス、ジャガイモがキューブに切ってあった（賽の目と言うようだ）。これは初めての経験で、フランス料理であることに大いに納得したものだ。ただ、それまでキューブのジャガイモのカレーライスを食べたことがなかったのだろうか。一度や二度は経験があるはずと思うのだが。

この説明会でフランス料理宣言をした先生の顔が何となく浮かんできた。その顔だったら小学校の先生で、だとするとやはり、フランス料理のカレーライスは、小学校の時の臨海学校の献立だったのだろう。ただこのこと以外、この臨海学校の記憶はない。

「君たちの負けだ」

間違いなく中学一年の時の臨海学校については、ある鮮明な思い出がある。われわれが泊まった旅館には、他にもう一つ別の中学の一行も臨海学校で泊まっていた。旅館の玄関には、両校の名が大書された垂れ幕が下がっていた。玄関の上の二階に大広間があって、そこから旅館への人の出入りは丸見えだったが、そこがわが五中生の宿泊空間（少なくともその一部）だった。そこで思い出の映像は、昼間なのにその大広間に大勢が屯《たむろ》している場面である。昼間なのに海浜に出ていないのは、天候が悪かったのか、海浜での活動が終わった後だったのか……。そこで何をしていたかというと、窓から下を見下ろして、入ってくる他校生に揶揄や罵倒の言葉を投げつけるということをやっていたのである。

おそらく他校生との間に何らかの鞘当てがあったのだろう。その他校は、どんな中学か知らないが、漠然と自分たちより「田舎」の学校という気がしていた。ただ修学旅行でもあるまいし、そんな「田舎」の中学がこんなところに臨海学校でやって来るものだろうか。まあその辺は何とも言えない。当時は「田舎」はもっと近かった*。東京大都市圏は、おそらく三鷹、武蔵野辺りまでで、その先は「田舎」だったのではないか。もしかしたら、中央線で言うなら、高円寺、阿佐ヶ谷、荻窪、西荻窪などの駅の周辺から一歩外に出れば、田舎だったかもしれない。足立区や練馬区などは、大部分が田園だったはずだ。当時の「田舎」の感覚的定義としては、戦時中と終戦直後の食糧不足の中で、東京都市民が交換用の衣類などを担いで食糧の「買い出し」に行った辺り、ということになるのではないか。それには、近くて電車賃が少ない方が良いわけだ。だから当時「田舎」の中学といっても、現在ならシックな郊外住宅地になっているところの中学かもしれないのである。

＊　この頃《ころ》、「おらあ三太だ」で始まるラジオドラマ『三太物語』（一九五〇～五一年だから、少し前だが、ドラマの残像はかなり後まで色濃く残った）が放送されており、その主題歌は「さんさん三太は山の子だ」だったが、このドラマの舞台は津久井、現在は相模原市に編入されて

いる。津久井湖があったりして、里山と市街地が入り交じる風光明媚な土地のようだが、それなりに首都圏の直接的周縁の一部をなしていると思われる。しかし、『三太物語』の振り撒くイメージは、とてつもないど田舎の山の中だった。大体「おらあ」という自称自体、ど田舎そのものを強烈にアピールしているではないか。だから、のちに地図で津久井を確認した時は、ほとんど衝撃的な違和感を覚えたものである。

Hもこの「戦闘」に参加した。先輩筋の者で熱心にオルグをするのがいて、そいつがHにも働きかけた。「五中のためだから」という科白が、そいつの口からも出たし、Hの口からも「うん、五中のためだからね」という具合に発声された記憶がある。その先輩の顔にも覚えがある。そこでHはついに意を決して、窓際に「出馬」した。折しも、「敵方」の中学生が二、三人、外から帰って来て、Hたちの視野に入った。Hは一生懸命「悪口」の種を探し出して彼らを挑発したが、彼らはそのままHたちの視野の下方へと姿を消した。

どうしてそんなことをしたのだろう。先輩にわざわざオルグを受けたことが余程嬉しかったのか。腕の見せ所、と思ったのか。まあ、あれだけの熱心なオルグを目上の者から受ければ、徒や疎かにするわけにはいかなかったろう。かと言って、先輩から言われたからやむを得ず、という感じではなく、H自身、かなり「燃えて」いたことは確かだ。意気に感じたのだろう。ただ、やっているうちに、バカバカしさに改めて気がついた気配はある。

おそらくその直後だと思うが、一同はこの件について校長の前に座らされた。あるいはむしろ、校長が彼らの広間にやって来て一同と対面した、と言うべきか。どんな遣り取りがあったか、おそらく首魁たちから経緯の説明がなされたのだろう。Hが覚えているのは、「君たちの負けだ」という校長の一言である。確かにその通り、この言葉が発せられるや否や、Hは全面的に納得した。そうだ、玄関の上の窓から、旅館に入って来る他校生に誰彼となく「悪口」を浴びせるという遣り口は、いかにも敗者の、負け犬の汚い手に他ならない。それをズバリ、「君たちの負けだ」と一刀両断した校長の言葉、自分の生徒たちに、あえてこの真実を突き付けた校長の毅然たる見識に、目を見張る思いだった。それまで無縁の人だったこの校長を、Hは心の底から賛嘆し、尊敬していた。

この言葉に首魁たちは反射的に不平を鳴らした。しかし「会議」の大勢はすでに決していた。多くの者が、校長の喝破に賛同していたのだろう。この件、そのあと何らかの「残務」（詫びを入れに行く、といった）があったかどうか、一切覚えはない。いずれにせよ、池端校長のこの一言は、あたかもHの人生の基盤に刻印されたかのようだった。

グレイトマンよりグッドマンに

池端校長が古武士の如き毅然たる印象を残して去ったとするなら、鳥生校長は、アメリカ風のハイカラなリベラリズムで生徒たちを魅了したと言えよう。先生は就任早々、「グレイトマンよりグッドマンになれ」とのモットーを掲げたのである。グレイトマンというのは、もちろん「偉人」の和訳であろう。戦前の「末は博士か大臣か」に反駁する明快なアンチテーゼで、言うまでもなく、立身出世主義の否定だった。立身出世の否定は、当時、満場一致的に賛同される考え方だったろうが、うっかりすると、「国民のため、社会のため」的な奉仕・献身に流れてしまうリスクがあったのではないか。それを避けようとすると、ひたすら「自分のために生きよ」的な姿勢にならざるを得ない。「グレイトマンよりグッドマンになれ」というモットーは、その穽陥をあっさりと避《よ》けている。グッドマンには、家族やご近所さんから、友人や職場の同僚や、地域社会にまで及ぶ広がりを漠然と想定させるところがあって、ともかくどのレベルでも良いから、善意をもって人に接するように勧めているわけである。改めて考えると、これも健全なアメリカ市民の生活信条（良き隣人たれ）を要約する簡略的アメリカ・イデオロギーだと言えようか。だからこれは、ある種、草の根民主主義の集約的表現なのである。

実は今回、「鳥生芳夫」で検索してみたら、先生の次の就任先である江東区立深川第一中学校の出身者のサイトが見つかって、この中学の精神は、三代目の校長、鳥生芳夫先生が宣言した「グレイトマンよりグッドマンになれ」であり、それ以来「グッドマン魂」が受け継がれている、と書かれており、さらに「グレイトマンよりグッドマンになれ」と大書した石碑の写真も掲載されていた。その日付は、一九六六年三月末日、おそらく先生のご退任の際に建立されたのだろう。江東区議会議員関根とも子氏のサイトである。思いがけないところで懐かしい知人の消息が見つかった思いがした。

このモットーについては、実は後日譚がある。おそらく五十歳前後の頃だろう。キャンパスの近くで昼食を取っていたら、「石崎さんじゃありませんか」と声をかけてきた者がいる。中学の後輩だった。言われてみれば「いたなァ」という程度の後輩だったが、食事をしながら話を交わすことになった。当然現在の職場のことも話す。と「へぇー、すごいじゃないですか、男の夢ですよ」と言った。まあ、勤務校が世間でそう見られることには免疫があった。「別に俺の夢ではない」が、一般的にそれが「男の夢」なら、それはそれで構わない。やがて話は中学時代のことになった。すると彼、「『グレイトマンよりグッドマンに』ってのがあったでしょう。あれで人生狂っちゃったんです」と言い出した。あのスローガンを信じたために、できる出世もできなくなった、というのだ。もちろん、とんでもない言いがかりだった。大体、人の教えを信じるかどうかは、本人の自己責任による選択だ。出世したかったなら、それを目指して頑張ればよかったのだ。出世のチャンスが、「グッドマン」の教えに反するものだったとして、その教えを守るためにチャンスを逃したとしても、それは己の信念を貫いたことに他ならない。それを、教えの発信者のせいにするなんて。校長の言葉を頭から信じた純朴な秀才を演出して、意に染まぬ人生の言い訳にして、せめて慰めてもらおうってのか。「少なくとも、校長先生の仰ったことを、きちんと守ったのですから、ね」ってか。だとすると、どれほど「グッドマン」になったのか、見せてもらいたいものだが、生憎こちらにその暇はございません……。もちろん、こんなに怒《いか》ったわけではない。あまりのバカバカしさに呆れてしまっただけだ。それにしても、彼の言うことが本当だとしたら、あのスローガンにはそれだけ強いインパクトがあったのだ。

ただ、いわゆる「立身出世」への関心を抱かなかったH（抱く必要がなかったのは、それだけ恵まれていたからなのだろう）にとっては、これは受け入れやすい定言命令だった。もしかしたら、家内文化としての立身出世主義は、まさに「草の根」的に家庭の中に立ち込め、充満していたかもしれない。そういう空気を吸って成長した者にとっては、あれはまさしく家内文化に対抗するものとしての学校文化そのものだった。彼らはあるいは、あの定言命令を金科玉条として、家内文化・親族文化に抵抗したのかもしれない。そして、人生のターニングポイントで、そんな青臭い理想主義に囚われていた自分を懐古的に見出して愕然とした、のかもしれない。

張り切りガール、折井先生の授業

さて、張り切りガールの折井先生だが、彼女、日本史の先生だった。まあ、社会科の先生ということだろう。おそらく学校出たての新任教師だったろう。彼女の授業で覚えているのは、元寇についての授業で、なぜフビライは日本征服を企てたのか、との問題を提起したのである。中二の時だった。モンゴル帝国ないし元のような侵略的な帝国主義国にとって、手近にある国を征服しようとするのは当たり前で、一々その理由を考える必要はないように思えたが、先生は、たちどころに五つばかりの理由を黒板に書き連ねた。その中には、倭寇が中国沿岸を荒らし回っていたことへの対策、というのもあった。そして最後に「征服欲」を挙げた。これでHは納得したが、その他の理由については覚えていない。中学としては、結構レベルの高い授業だったのではないか。彼女自身も、まるで研究発表をしているような気迫を発散していたようだ。

元寇については、これだけではなかった。二度にわたる元の襲来を撃退したからといって、戦役が終わったわけではない。元が降伏して、戦争状態の終結が約束されたわけではないのだ。いつ三度目の侵攻が起こるかもしれず、鎌倉幕府としては、臨戦態勢を解くわけにはいかなかった。もちろん恩賞問題もあったが、期限のない防衛態勢の維持が、鎌倉幕府にとって大きな負担となり、幕府の滅亡の主たる要因となったのである。一時限、多分四十五分の授業で、彼女はこれだけの授業をした。奇妙なことに、Hが彼女の授業で覚えているのは、この一回分の授業のことだけだ。一年を通じて、彼女の授業を受けていたなら、他の記憶の断片があってもおかしくないのだが……。だとすると、彼女の授業はこれが唯一の機会だったのだろうか。誰かの代講だったのかもしれない。あの研究発表のような張り切り振りは、そう考えると説明が付く。

授業での記憶は以上だが、彼女とは日常的に会っていた。教員室の彼女のデスクの周りに、毎日のように何人かの男子生徒が屯していたのである。もしかしたら、彼女が顧問をしている放送部の部屋、つまり放送室だったかもしれない。そのメンバーは大体Hと同じクラスの者だった。だとすると、彼女の授業があれ一度切りということとは矛盾するようにも思えるのだが……。中にひどいニキビ面の奴がいたが、彼がやって来ると、彼女、「わーっ、潰させて」と言って追い回した。ただこれ、衛生学的にはあまりよろしくないのではないか。そいつは松井という名だが、松井さんと呼ばれていた。何故かと言うと、当時、松井翠声《すいせい》という無声映画の弁士上がりのマルチ・タレントがいて、ラジオのバラエティ・ショー「陽気な喫茶店」に出演していたが、掛け合いの相手の、漫才師上がりの内海突破《うつみとっぱ》が、軽妙な節をつけて「松井さん、松井さん」と呼びかけていたからである。

この張り切りガールの折井先生なら、例のアンケートにも積極的に関与したかもしれないし、むしろイニシアチヴをとって校長を説得するということも、彼女ならやりかねない、という気がするのだが……。もちろん確証はない。

小沢健二こと、ザワ健

Hたちがよく話をした教員には、美術の若い女子教員もいた。ある時、授業で原始美術の話になって、教科書に写真が載っていた女性の小像のことが説明された。確かヴィレンドルフのヴィーナスだったと思う。翌週辺りに行なわれた小テストで、この原始の女性像を描けという問題が出されたのである。そのテストの後、二、三人で彼女と歓談していると、彼女の方からこのテストのことを話し出して、みんなの解答たる絵を見ていたら、「恥ずかしくなっちゃって」と笑った。何せ、原始とはいえ裸婦像なのだ。H自身は、手を斜め上方に挙げたポーズの、結構すらりとした裸婦を描いていた。まあ、少年たちのエロティスム・オン・パレードになったのは、想像に難くない。

それにしても、当時の中学で、これほど男子生徒が女性教師のところに話をしに行ったものだろうか。今から考えると、これも鳥生校長のアメリカン・ハイスクール風リベラリズムの影響だったのではないかと思えて来る。

もう一つ考えられるのは、同級生の小沢健二の存在である。中二で同じクラスになった彼は、一年の時から目立っていた。最初から眼鏡をかけていて、長身で頭一つ抜きん出ていたと思う。いかにもリーダーシップがあり、勉強も出来そうな感じで、ずいぶんませた奴がいるな、と思っていたが、中学に入って成長が止まったらしく、次々と背の高さで追い抜かれて、三年になると中位の背丈、卒業の頃にはどうかするとむしろ背の低い方になった。勉強もそれほど出来たわけではない。それでも卒業アルバムに生徒会の会長として会議を主宰している写真が載っているので、三年の時には生徒会会長をしていたのだろう。Hは早々に彼と親しくなって、彼はHの家に遊びに来ることもあった。彼は先生に対しても臆することなくズカズカと接するところがあった。張り切りガールの折井先生の取り巻きもさることながら、特に美術の若い先生の取り巻きには、常に彼の姿があったようだ。おそらく彼がズカズカと先生の許に踏み込んで、他の者は後にくっついていったということだろう。

彼の通称はザワ健だった。小沢健二の中二文字を取ったわけである。この名前の通称としてはこれが妥当なところだろう。と言うのも、この世にはオザ健という通称もあるからだ。例の小澤征爾の甥の小沢健二だ。筆者は、この中学時代の親友と同姓同名の者の通称が、ザワ健でなくてオザ健であることに、強い違和感を覚える。例えば、渡辺恒雄の通称はナベツネだろう。特にオザ健の場合、オ・ザワという姓の二文字にまたがっていることが、許し難いとさえ思う……と、ここまで書いて来て、待てよ、キムタクというのもあったな、と思い当たった。野球の名選手・名監督の野村克也は、ノムさんだった。となると、キ・ムラやノ・ムラやコ・ジマのように、1音節+2音節の場合は、キム、ノム、コジのように二文字にまたがった通称になるのかもしれない。かくして、「オザ健」批判、「ザワ健」擁護は、失敗に終わった。いずれにせよ彼のことは、今後折に触れて語ることになろう。

丸顔の体育教師、安吾の『信長』

教師ついでに、体育の先生の話をしよう。一人は丸々とした温顔の男の先生である。名前は卒業アルバムにも見えないから、Hの中二の年一杯で転勤となったのだろう。Hは体育が苦手だったから、体育の教師に特に親しみを感じる場面はなかったが、珍しく彼とは二、三の思い出がある。一つは、彼が国語の授業をやった時のこと。おそらく代講で国語の教壇に立ったのだろうが、坂口安吾の『信長』*を講じた。安吾については知らなかったが、信長については多少の知識はあったので、印象に残っているのだろう。例の上総介信長とその舅たる、美濃の国主斎藤道三の正徳寺での会見の場、大うつけの格好で寺に着いた信長は、これまでと打って変わって、一分の隙もない礼にかなった装束で道三の前に登場する。二人は無言で盃を交わす。信長の挙止、すべて尋常で、堂々として、いささかの崩れも見られない。無言で信長を観察した道三は、「馬糞を踏んづけたような顔をした」と先生は、いかにも嬉しそうに勿体をつけて言った。その丸々とした温顔をさらに丸くして、得意げにみなの顔を眺め回したのは、今なら「ドヤ顔」と言うところだろうが、むしろこの文言に初めて接した時の感動を再び味わい、それを人に語る喜びに浸っていたのだろう。

今回、念のため確認してみたら、「盃が終わったとたんに、道三は道で馬の糞を踏んづけたような顔をして」プイと立って自分の部屋へ戻ってしまう。「小僧にまんまとからかわれてしまったから、気色の悪いことおびただしい」（講談社文芸文庫、二二三頁）とあった。まあ、ほぼ正確。「馬の糞を」の方が安吾らしいが、「馬糞を」の方が日常感覚的なのではないか。なお、「馬の糞を踏んづけたような顔」というのは、あと二回登場する（二二四、二三〇頁）が、同じ状況に関するものである。Hは、先生の授業、その「教材選択」と「説明」にかなり満足した。

＊ 安吾の『信長』が出たのは一九五三（昭和二十八）年だから、要するに先生は出たばかりの本を読んで、それについて語ったのである。その頃はまだHは安吾を知らなかったから、良い導入になったはずだ。確か『二流の人』などについても、コンテクストとして話があったように覚えている。流石に『堕落論』の覚えはないが。安吾の『信長』、桶狭間までを扱っているが、今川との関係については、申し訳のように最後の節で述べるに過ぎない。むしろ、弟、

勘十郎を始末するまでの尾張統一戦の苦闘を、ギリギリのところで生きている若者のあっけらかんとした言動を通して描いている。正徳寺での会見だが、その前に道三は商人に扮装して街道脇の小屋から信長を観察する。映画（『風雲児信長』一九五四年）では、馬上で餅だか柿だかをかじっていた大ウツケ姿の信長が、小屋から覗く道三の方に鉄砲を向け、そのまま狙いを付けながら通り過ぎる、となっていた。また、中村錦之介主演の『風雲児織田信長』（一九五九年）では、会見の場で凛々しい礼装姿の信長は、途中、小屋の中からこちらを窺っていた商人風の男がいたが、「はて、舅殿、その男によく似ていらっしゃる」と、涼しい顔で言い放つ。これは、山岡荘八の『織田信長』を原作にしているからだろう（山岡の原作を確認していないが）。あるいは、講談などではこうなっていたのかもしれない。安吾の『信長』には、このエピソードは出てこない。安吾は安吾らしく、「見て来たような嘘を言う」ことをしなかったわけである。

もう一つ、その頃、マキノ雅弘の『次郎長三国志』の第八部『海道一の暴れん坊』（一九五四年六月八日公開）を観た。森の石松が金比羅代参の帰りに都鳥一家に討たれる話を語っており、森繁久彌*が石松を演《や》っていた。その中で森繁は「俺が死んだらよ～、誰が泣いてくれる～か～よ～」という歌を唄う。Hはその歌が気に入ってしょっちゅう口ずさんでいたが、体育の授業で何かの順番を待つ間にもつい口ずさんだ、とすかさず、「誰も泣いちゃくれない～よ～」と件の体育教師が茶々を入れてきた。なかなかやる、と思ったものだ。もしかしたら、この教師、もっと親しくなれたかもしれない。ただ持ち前の天邪鬼が働いて、そうなる傾斜にブレーキを掛けてしまうのだ。運動会に向けて組体操のピラミッドをやることになって、その人選が行なわれた。件の教師が並んでいる生徒の前を移動しながら、参加に適さない者を弾いていった。彼が近づくとHは、自分で自分を指差した。「ああ、そうか、じゃ」と彼は、自己申告の通りにHを除外処分に処した。体力的に自信がなかったわけではなかったので、多少「慰留される」のを期待しないでもなかったが、自分の意思表示が通ったのだから、文句の付けようもなかった。彼としては、業を煮やしたというところだったろう。

＊　森繁久彌は、当時まだ人気・実力を兼ね備えた国民的俳優ではなく、ちょうどその途上にあった。『海道一の暴れん坊』の翌年（一九五五年）、日活で撮った『夫婦善哉』『警察日記』等で毎日映画コンクールの男優主演賞、『夫婦善哉』でブルーリボン賞の主演男優賞を獲得、一流俳優としての評価を確立した。なお、日本の映画賞としてテレビで授賞式が放映される日本アカデミー賞は、一九七八（昭和五十三）年に発足したもので、当時はなかった。

野辺山高原での林間学校

体育の教師がらみで、もう一言。別の、もう少し若い男性教員と、吉田先生というコワモテの美人教師に関わるエピソードだが、あれは何だったのだろう、校庭一杯に生徒たちが広がって体操をするという場面だ。全校生徒だとすると、体操用に展開したらスペースが足りなくなるだろうから、一学年の全生徒だったのだろう。おそらく二年の時だ。朝礼台の上に立って模範演技をする役に、柏戸が指名された。この場を統括していたのは吉田先生と男性教員だったが、その瞬間には、なぜだか吉田先生はいなかった。柏戸を指名したのは、だから男性教員だった。柏戸は全生徒に対面して台上に立ち、体操（ラジオ体操だったろう）は始まった。ブルーマ姿の柏戸の正面像が全生徒の視線に晒された。と、吉田先生が校舎から出てきてストップをかけた。そして柏戸を降ろして、別の女子を台上に上げ、かくして体操は継続したのである。トイレにでも行っていたのだろうか。その隙に男子教員が勝手なことを仕出かしたのだ。交替した女子は陸上の選手で、すらりと脚の伸びた俊敏・精悍な肉体をしていた。旗の台駅前の踏切の傍の果物屋の娘で、確か一年の時同級だった。こういう場面では彼女、と決まっていたのだろう。男子教員、あの後、吉田先生からこっぴどく批判されたのではなかろうか、とは、その時に考えはしなかったが、今思うことである。

さていよいよ林間学校の話。八ヶ岳の麓の野辺山高原*に信州大学の施設があって、理科の増沢先生のイニシアチヴで、そこで林間学校を行なうことになった。おそらく中二の時からである。この施設、戦時中は飛行訓練場だったらしく、建物の平面図が飛行機の形をしていた。今その辺りの地図を検索してみたら、同じ場所と思しき所に、信州大学農学部アルプス圏フィールド科学教育研究センター野辺山ステーションというのが見つかった。おそらくこれが後身なのだろう。

増沢先生はおそらく信州大の出身者で、生物が専門だった。教室で熱心にこの施設と野辺山周辺の説明をして、参加を呼びかけた。だから結構大勢が参加したと思う。

＊　野辺山高原は、国鉄（ＪＲ）の線路で最も標高の高い地点（海抜一三七五メートル）があり、野辺山駅も国鉄（ＪＲ）の駅で最も標高が高い。中央本線の小淵沢から小海線に乗り換えて四駅目、一つ手前が有名な避暑地、清里である。野辺山を越えてさらに三駅進むと、佐久海の口に着く。ここはかの武田晴信が平賀玄信の守る海の口城を一夜にして攻め落としたとされる、晴信初陣の地である。

八ヶ岳の主峰、赤岳の麓の野辺山だから、赤岳登山が当然メインイヴェントになる。結構な人数、優に百人はいただろう。先生も十人近く加わっていたようだ。もし増沢先生のイニシアチヴだったとしたら、なかなかの熱意と説得力だったと思う。これだけの人数が一緒に赤岳に登った。初めての本格的な登山だったが、全員無事に帰還した。ただ一度、何人かで道に迷い、熊笹の中で立ち往生したことがある。確か英語の大塚先生が一緒だった。先生は独りでどんどん熊笹の斜面を降って行った。Ｈたち数人（二、三人）は、大事をとってその場を動かなかった。その顛末は覚えていない。大塚先生が戻って来たのは確かだが。

もう一つ、これは忘れ難い情景だ。赤岳は最後の登りが急になる。鎖場もあった。そこで一同無事に登頂。ところがいざ下山となった時、一人、急な下りが怖くなって足を踏み出せない男子が出た。登りの時は上を向いて何とか頑張ったのだろうが、いざ下を向くと……というわけだ。

そこで何人かがそいつを取り囲んで、一歩一歩足を置く場所を指示して降ろすことになったのである。Hも交替で介助スタッフに加わり、時に足の位置を指定した。「左足をここに置くんだ」と言いながら、その場所をこちらの足で踏んで示すこともあった。そいつはワーワー泣き叫びながら、言われた場所に必死に足を伸ばし、ずいぶん時間がかかったが、何とか「難所」を降り切ることができた。

小川を渡る彼女に手を差し伸べる……？

林間学校には、柏戸も参加していた。一度、小川の浅瀬を石伝いに渡ったところで、後の方に彼女がいるのに気がついていたので、それとなく様子を窺った。まあ、「心配」して、といったところだろう。彼女の身に何かあったら、直ちに「救出」に赴く心積もりだったのか。少なくとも、それを夢想した。すると案の定、「キャー」という悲鳴が上がった。足を置いた石がぐらついたらしい。Hはどうしたか、あまり覚えはない。黒澤の『我が青春に悔いなし』*の藤田進よろしく、手を差し伸べたのだろうか。それはなかった。しかし、何らかの反応をしたような形跡もある。というのも、たまたま傍にいた岸先生から何か言われた漠然とした記憶の断片があるからだ。それは、Hの騎士道的行為を認証する言葉だった。「女の子が危ない時は、助けてあげなければね」というような。例えば、数歩後戻りして小川の上に踏み出す、くらいのことはしたのだったか。彼女は無事渡り切って、そのまま彼の前を歩き去ったのだったか。ただ、彼女のゴッドマザー的存在たる岸先生は、目ざとく事情を見抜いてHに声を掛けたのだったか。いや、その言葉は、その場で言われたのではなく、後で、例えば夕食の時などに言われたのだったか。「なかなかえらかったわよ」というように。いずれにせよ、愛する女性の危急に馳せ参じる騎士に己を擬した夢想に浸った一瞬ではあった。

岸先生は年配の女性教師、五中の「お母さん」的な存在だった。あるいは二年の時、柏戸の担任だったのかもしれない。卒業アルバムを見ると、すべてのクラス（七組あった）の写真に担任と並んで写っているから、三年の時は学年全体の担当だったのだろう。だとすると、一年の時から三年間、Hたちの学年担当だったということか。

＊『我が青春に悔いなし』（一九四六年）は、黒澤明の戦後第一作、京大事件（一九三三年）の滝川幸辰をモデルとして、その娘と学生たちとの恋愛関係などを描いたものだが、GHQの民間情報教育局（CIE）が民主主義の啓蒙を目的に映画各社に制作を推奨したプロパガンダ映画（民主主義映画）の一つだったようだ。京大事件（滝川事件）とは、内務省が滝川の著書を発売禁止処分としたことに端を発し、滝川が休職処分とされるに至って、京大法学部の全教官が辞表を提出して抗議の意思を示し、法学部の学生も全員退学届を提出して抗議運動を行なった、というもの。他学部の学生、そして東京帝大など他大学の学生もこれを支持して、大いに学生運動が盛り上がったが、やがて夏季休暇とともに学内の運動は終息し、学生団体「大学自由擁護連盟」や文化人の「学芸自由同盟」という、運動の中で結成された組織も、弾圧によ

り解体・活動停止に追い込まれた。辞表を提出した教官については、滝川と末川博など六教授を免官とし、それ以外の辞表を却下することで、解決が図られた。軍国主義体制の進展に抵抗する最後の大規模な学生・知識人運動と位置付けられよう。

映画は、事件より前、滝川をモデルとする八木原教授（大河内傳次郎演ずる）のお宅によく出入りする教え子たちの場面から始まる。彼らはある日、原節子扮する八木原の娘幸枝を誘って、吉田山にピクニックに行く。彼女が小川を渡ろうとすると、二人の学生が対岸で並んで手を差し伸べる。一人はのちに検事になる糸川、もう一人は藤田進扮する野毛で、幸枝がその時どちらの手に応えたのか、残念ながら覚えがない。やがて、京大事件で教授は大学を追われ、野毛は非合法活動に身を投じる。幸枝はそんな野毛に惹かれ、自ら彼の後を追って結ばれるが、やがて野毛は特高に逮捕され獄死してしまう。ものの本によると、野毛は、ゾルゲ事件の尾崎秀実《ほつみ》をモデルにしているとのことだが、尾崎は単に、その反戦的論陣がソ連のスパイという嫌疑の口実になったということに過ぎないので、特定的に尾崎をモデルとしているわけではないと思われる。いずれにせよ、ゾルゲ事件関連については、割愛する。藤田進は、黒澤のデビュー作『姿三四郎』（一九四三年）のタイトルロールを演じた俳優で、三船敏郎以前の黒澤の秘蔵っ子。『隠し砦の三悪人』（一九五八年）では、三船扮する真壁六郎太の好敵手、敵の侍大将田所兵衛を楽しそうに演じていた。

赤岳登山とステンドグラス

実はずっと後のこと、英米文学科の岸教授から、「柏戸さんてご存知ですか」といきなり尋ねられたことがある。今からだいぶ前のことだ。「いやー、吃驚した」というのが、氏の開口一番だった。何と氏は、あの岸先生の御子息だと言うのだ。御母堂の岸先生が入院されていて、柏戸が見舞いに来て、紹介された。当然、奉職する大学の名称も言う。すると「石崎さんて、ご存知でしょうか」と訊かれた。まあ、文学部教授会でHのことを知らない者はいなかっただろう。岸教授はHより年上だったから、われらが岸先生はすでにかなりのご高齢だったろう。いずれにせよ、話はそれだけである。

Hはこの野辺山の林間学校に、二年連続で参加した。それだけでなく、高校に上がってからも、一度くらい参加したような覚えがある。果たして制度上可能だったのか、ということだが、実は、おそらくかつての増沢先生の教え子と思しき、年上の学生が数人参加していたから、ゲスト参加は可能だったようだ。だとすると、ずいぶん柔軟な組織体制ではないか。官僚的にかっちりしたところだったら、問題になってしまっただろう。何となく増沢先生の責任による組織体に何人かの教員が自主参加したという、半自主半公認的な体制だったのだろうか。だとすると、教員の参加費用や参加手当は、どうなっていたかも、気になるところだ。いずれにせよ、こんなところにも鳥生校長のリベラリズムが窺えると言ったら、勝手な深読みが過ぎることになろうか。もっとも、卒業してからも参加したという記憶はかなり曖昧で、あまり信ずるに足らない。

ただ、スポーツが苦手なHにとっては、山登りという、まあ一応スポーツであるものの楽しみを知ったのは、貴重だった。これで赤岳には三回（？）登頂したことになり、ちょっとした八ヶ岳通になったわけである。大学に入って、体育実技を二つ取らねばならなくなった時、シーズン・スポーツの方は、躊躇なくワンダーフォーゲルを選択した。年間で三つの山に登るのだが、そのうちの一つは赤岳だった。後の二つは谷川岳と日光男体山だったかな。ちなみにもう一つの、シーズンでない方は、ウェート・トレーニングを取った。要するに、特段のスキルを要さない、一通りの体力さえあれば何とかなるスポーツである。

キャンプで「同じ釜の飯を食う」スポーツなので、仲間ができやすく、果たして数人の仲間ができ、その仲間で八ヶ岳縦走をしたこともある。また、当時、国鉄（ＪＲ）の周遊券というのがあって、例えば二週間なり三週間で北海道内乗り放題というようなものだったが、これを使って東北・北海道旅行をしたこともある。この他、自動車とガソリンをどこか（例えば出光）に提供させて全国周遊、というような計画に加わったが、それが頓挫した結果、その代替として、日通のトラック便に便乗させてもらって西日本周遊、というのを、独りでやったこともある。まあ、話せば長くなるので、この辺で……。

話のついでに、研究発表会のことにも触れておこうか。二年の時に、研究発表会なるものが開催された。やはりこれも、鳥生校長の下で教員の自由なイニシアチヴが積極的に採用される空気の顕現と、つい思ってしまうのだが……。Hは「ステンドグラスの造り方」について発表を行ない、第三位の賞状を授与された。ご近所にたまたまステンドグラス職人が住んでいたのである。前からそれに気がついて、仕事場に上がり込んで仕事を見せてもらいながら話を伺う、ということを、おそらくやっていた。そこには「小父さん」の作品などがいくつも立て掛けられたり、飾られたりしていた。そこに持って来て、（学内）研究発表会の開催が決まり、発表の募集が行なわれた。「小父さん」に聞いた話に、百科事典などで調べた事項を組み込み、ステンドグラスの歴史からその具体的製法にまで及ぶ「研究」を仕上げたわけである。

もちろん歴史の部分では、膨大なゴチック教会群の隆盛などという歴史意識はほとんどなかったが、まあ、近所の人との交流の中から研究テーマが生まれ、具体的な作品も拝借して提示するという実地研究的なアプローチは、悪くないものだったろう。例えばザワ健も発表をしたが、少年向き科学雑誌に載っていた実験を自分がやったような顔をして発表したものにすぎない。他に三年の津止君の発表があったのは覚えている。元寇について、大きな九州の地図を吊り下げて滔々と原稿を読む、というものだったが、あれが一位だったのか。全部で何件ほどの発表があったのか、全然覚えていない。まあ、全体がそんなに長くはないだろうから、一件十五分として、せいぜい五、六件だろう。実は授賞式には出なかった。どうもあの手のものが苦手なのだ。会場に大人しく鎮座して結果発表を待つという緊張感が耐え難いのである。

翌年も発表した。今度は、テーマは「唐代の政治機構」。たまたま京マチ子主演で『楊貴妃』

（一九五五年五月三日公開）が上映されていたので、その気になったものだ。ところが少し面倒なことになった。クラス担任の山下先生が「指導」に力を入れたからだ。別に頼んだわけではなかったが、「貴族制から官僚制」という流れをしっかり打ち出すよう指導されたのだ。そのこと自体は正しいが、土台、教員がそこまで容喙すべきものだったのだろうか。

山下先生については、前号で「教条的なモラリストで、主張を押し付ける傾向が」（八三頁）あると書いたが、例えば、運動会の準備の中で、応援のための幟や鉢巻の文言に「口を出した」。「必勝」というのがいけない、「善戦」にすべきだ、と言うのだ。勝負は時の運、必勝を期し期待するのは理不尽だ（？）、だったか、「鬼畜米英」的な軍国主義的誇張だ、だったかだった。正論かもしれないが、常識をやや逸脱しているのではないか。結局、我が三年七組だけは、熱烈な「必勝」コールの渦の中で、孤軍奮闘、良識的な「善戦」を叫ぶことになったのである。

グランプリ女優、京マチ子

この時の研究発表会の賞状には順位が記されていない。一位を取ったと記憶していたのだが、今回確認してみたら、順位がなかった。順位をつけるのをやめにしたのか、あるいは三位に達しなかった者は、この扱いなのか。つまり参加賞というわけだ。おそらく前者なのではなかろうか。今回も授賞式に出なかったが、実は会場の外の廊下までは接近していた。教頭先生が講評を述べていて、たまたま「石崎君の話術」という言葉が聞こえた。発表の「掴み」で、「中国の唐と言えば……」といくつか並べた上で、「京マチ子*」とやったら、ドッと笑いが起こった。当て外れに近い受け方だった。そんなところが「話術」としてわざわざ言及されたのだろうか。しかし、もし順位をつけるのを止めにしたとするなら、代わりに発表者一人一人について講評するようにしたのかもしれず、たまたまHの番になった時に、それだけが当人の耳に聞こえた、ということなのかもしれない。

＊ 京マチ子（一九二四〜二〇一九年）は、「グランプリ女優」の異名をとった。芥川の「藪の中」を映画化した黒澤の『羅生門』（一九五〇年）がヴェネツィア国際映画祭（一九五一年）で金獅子賞を授賞、日本映画が国際的映画祭で受賞するのはこれが初めてだったが、以後、日本映画の受賞が続いた。一九五〇年代にヴェネツィアで金獅子賞か銀獅子賞（監督に授与される）を得た日本映画は、五本（溝口健二の『雨月物語』銀、黒澤の『七人の侍』銀、溝口の『山椒大夫』銀、稲垣浩の『無法松の一生』金）で、日本映画の国際的声望は定着した。カンヌ国際映画祭では、『地獄門』（一九五三年）がパルムドールを受賞。それ以降、審査員特別賞（市川崑『鍵』、小林正樹『切腹』、勅使河原宏『砂の女』、小林正樹『怪談』）が続いたが、その後は一九八〇年代の黒澤の『影武者』（一九八〇年）、今村昌平の『楢山節考』（一九八三年）を待たねばならなかった。三大国際映画祭の残る一つたるベルリンでは、これほどの日本映画の成績は見られない。

クランプリ（大賞）とは、ヴェネツィアの金獅子賞、カンヌのパルムドール（金色の棕櫚の葉）に該当するが、京マチ子は、『羅生門』、『地獄門』、そして銀獅子賞の『雨月物語』、さらに『鍵』でも主演している。「グランプリ女優」の異名も宜《むべ》なるかな、である。

面白いのは、彼女、日本女性としてはまことに「バタくさい」、「日本人離れ」した容姿の持ち主だったことで、その彼女が、平安時代の美女を演じてはまり役となった。世界は平安風の眉化粧をした彼女を伝統的日本美人と受け止めたのである。目鼻立ちのえらく派手な彼女だからこそ、それが可能になったのだろう。

『羅生門』（「藪の中」）は、一陣の風でふわりと揺れた垂れ衣の間から顔が覗いた美女に、突然抗い難い欲望を感じた、都に聞こえた盗賊多襄丸（三船）が、その夫（森雅之）を殺し、美女を奪うという物語。『地獄門』は、人妻の袈裟御前に横恋慕した例の遠藤武者盛遠（後の文覚）の話。彼が、袈裟を余人に嫁がせた袈裟の母親（盛遠の伯母にあたる）に、汝を殺して恨みを晴らし己もともに死ぬと、刀を抜いて迫ったところ、それを知った袈裟は、夫を殺すことを条件に、盛遠（長谷川一夫）の意に従うことを約束。盛遠はその夜、袈裟の夫渡辺渡の寝所に忍び込んで寝ている渡を殺害するが、渡と思ったのは袈裟だった。袈裟は夫の身代わりになったのである。これで世の無常を痛感した盛遠は出家し、文覚と名乗り、頼朝に後白河院の院宣を届けて、打倒平氏の決起を促す。（『源平盛衰記』巻第十九文覚発心の事）

『雨月物語』（映画）は、原作の「浅茅が宿」の筋立ての中に「蛇性の淫」の要素を組み込んでストーリーの骨子としている。焼物を焼いて商っている男（森雅之）が、焼物を屋敷に届けるよう言われて、貴人と思しき女の館に参上すると、身に余る饗応を受け、そのまま居着いてしまう。しかし、彼が死霊に取り憑かれていることを見破った神官が、彼の体に呪文を書いてくれて、それで彼は何とか女に別離を告げることができるが、激しいやり取りの中で気を失い、翌朝目覚めると屋敷は消えている。この辺り、耳なし芳一の要素も窺える。男が家に戻ると、妻（田中絹代）が囲炉裏で炊事をしている。再会を喜んで床につき、翌朝目覚めると、家は荒れ果てた廃屋となっていた。

もう一つ、侍になりたい男（小沢栄）が、切腹した敵の大将の首を自分の手柄と偽って出世したが、家来を引き連れて乗り込んだ女郎宿で、遊女となった妻（水戸光子）に再開するという話がある。彼女は、夫が出奔した後、どこぞの雑兵どもに強姦され、かく身を落としたのであった。男は深く後悔し妻に赦しを乞う。このストーリー、別立てで、映画はオムニバス仕立てという気がしていたが、実は二人の男、義理の兄弟の仲で、二つのプロットは一つのストーリーにまとめられていることに、今回気づいた次第。

映画『雨月物語』の時代設定は戦国だが、京マチ子演ずる貴女は平安風の出立ちで、時代的違和感はない。また『鍵』は、谷崎潤一郎の小説『鍵』（一九五六年）の映画化。なお谷崎で言えば、最高傑作の一つ『痴人の愛』（一九二四〜二五年、新聞連載）の映画化（一九四九年）で、あの現代的小悪魔の元祖ナオミを演じたのも、京マチ子。また、『春琴抄』（一九三三年）の映画化『春琴物語』（一九五四年）で春琴を、『細雪』（一九四三〜一九四八年）の第二回映画化（一九五九年）で、この作の語り部、実質的主人公たる次女幸子を演じている。まことに彼女は、日本映画が谷崎のイマジネールに提供し得た理想の女性素材だった。

「与えられた民主主義を……」

三年の時の担任の山下先生は、Hたちの卒業を待たずに亡くなる。年が明けた三学期の当初から、音楽の菊池先生が後任の担任となるのだから、おそらく冬休み中ないしはそれ以前に亡くなったと考えられる。ある映像があり、それは先生の通夜の映像だと思われる。二階（山下先生のお宅の？）の座敷で先生や生徒が雑多に交じって話をしている。通夜振舞いだと思うが、特に酒食が供されている様子はない、と記憶している。Hはそろそろお暇をと思い、然るべく先生方にご挨拶をして、座敷を出て階段の上に立った。すると、何やら鳥生校長が話し始めた。どうもHのことを言っているらしい。それもどうやらプラスに評価するような発言と聞こえたので、つい立ったまま聞き耳を立てた。すると、それに気づいたK……先生（例のグレゴリー・ペック似の美丈夫）が、「行くなら、早く行くんだぞ」などと言ってたしなめた――それだけの話だ。ただ、鳥生校長と直に話したことはなかったので、Hとしてはまことに貴重な機会を逸したような気になったものである。

「戦後民主主義」の教育ということで、鳥生校長の下での中学生活を点描してきたが、一先ず切りをつけておこう。卒業式の日、男女二人の卒業生による卒業スピーチが行なわれた。いわゆる在校生による送辞や卒業生の答辞といったものとは違うもので、おそらくアメリカのハイスクールの卒業の日に行なわれるスピーチと同じカテゴリーのものだった。つまり、「我が校で過ごした年月の楽しさや有益さ」とか「これから生きていく上での心掛け」の表明とはまったく異なる、一般的な主題についての当人の見解の開陳だったのである。男子の代表として発言したY君は、よく知っていたが、ただ彼がこの手の務めに任命されるのは意外だった。いわゆる「出来る」生徒とは思えなかったからだ。女子の方は、Hと同じクラスの小☆さんで、その趣旨は「私たちは、与えられた民主主義を大切に守り育てなければならない」というものだった。

そう、一九五六年春、アメリカによる占領の終わりから四年ほど、経済白書が「もはや戦後ではない」と謳った年に、日本国民の最大の課題は、「与えられた民主主義」をどのように血肉化するか、「自分で勝ち取った民主主義」と同じ質のものにするか、ということだった。

このような卒業スピーチ、やはり鳥生校長下の荏原五中の特異性で、他の中学では行なわれなかっただろう。だとすると、鳥生校長下の二年間は、日本の同時代の中学生の中でまことに稀有な体験だったということになろう。校舎内土足制やモットー「グレイトマンよりグッドマン」を含めて、この二年間が。もちろん、もしかしたら他の多くの中学でもそれは行なわれていたかもしれない。それならそれでまことに結構、ご同慶の至りである。

ちなみに言っておくなら、Hが「戦後初年度生の誇りのようなもの」を自覚したのは、大学に入って、いわゆる六〇年安保を経験した際である。これについては、いつか語る機会があれば……と思ってはいる。

あとがき

本書は、二〇一九年六月に刊行した『ある少年H——わが失われた時を求めて』の続編である。前編（便宜上こう呼ぶことにする）は、主人公の出自から、おおむね小学校時代までの回想であったが、とはいえ、別に厳密な時代区分に従うものではなく、中学時代にまで踏み込むこともあれば、高校時代、大学時代、どころか、その後の生涯のあれこれの場面にまで、話が及ぶこともある。何しろ「回想」なのだから、何の制約もなく自由に飛び移ることができるわけだが、まあ、ひとまず、おおむね小学校時代（一九四七～五三年）まで、としておこう。

それは、日本が太平洋戦争で完膚なきまでに叩きのめされた敗戦の直後、終戦直後と言われる、アメリカ（連合国）による日本占領（一九五二年四月に終了する）の時代、朝鮮戦争（一九五〇～五三年）の影に覆われた時代だった。

終戦直後というこの時代を描写すると言っても、それは幼い少年の思い出という主観的なものを通してであり、時代の様相は、何よりも少年が享受した文物によって具現されていた。幸い少年は、幼い頃より映画好きで、時代を彩る主要な映画の多くを観ていた。もちろん本、つまり絵本や漫画や絵物語や偉人伝や世界の名作なども、少年は大量に享受・摂取していたが、これらのものは現物が手元に残っているのでなければ、資料として使い勝手が良くなかった。そこへ行くと、映画は、公開年次などがものの本で確認することができ、少年の断片的な映像記憶を客観化することが容易で、しかも時代的・歴史的目印として大いに機能した。もちろん、少年Hの生活の中で、他の文物に比べて、実際上、映画が質量ともに圧倒的に主要な活動領域であった、ということはある。どんな映画を観ているか言ってみたまえ、あなたが何者かを言い当てて見せよう、というわけだ。

　幸いこの前編はご好評を得て、数紙の書評にも取り上げられた。読売新聞の書評欄では、「記者が選ぶ」の枠で、「リアルな雰囲気」「ユーモアあふれる文体」などと評されたのは、望外の幸せだった。

　続編たる本書は、時間枠が比較的限定されている。中学二年の年を中心とした中学時代、それは要するに思春期の始まりに他ならない。半世紀以上前と現在とで、思春期の時期が同じかどうかは分からないが、当時はだいたい中学二年の頃に始まったと思われる。それまでは、性を持たない単なる子供だった少年は、性を持つ男になる。自分が性を持つ男であると気づいたその時、彼は現《うつつ》のものとも思われぬ学年一の美少女に恋していた。その恋を通して、自分が女性に愛されることの少ない、醜く、劣った人間であることを悟らされたのである。それは、性の悩みなど存在しない楽園で無垢な生活を送っていたアダムが、性を知ることで、楽園から追放されるのに似ていた。そして、中学二年の終わり頃に、彼を溺愛していた祖父が他界した。己が人に優れた美質に恵まれているという内臓的確信を持つことができていたのは、ひとえにこの祖父の溺愛のおかげだった。だから祖父の死も、もう一つの楽園喪失に他ならなかった。「失楽園」という本書のサブタイトルはこうしたところから来ている。

前編が出たのは二〇一九年六月、続編たる本書が出るのは二〇二三年八月の予定である。もう四年以上前ということになるのか。前編をまとめた時は、一年あまりであと三章ほど書けば全編完成という見通しだったが、ご覧の通り、今回五章で続編が出来上がっても、まだ完成とはならない。それだけネタが次から次へと湧き上がってきたのだ。しかし残りの部分の目処も付いたので、それを第三編にまとめれば、めでたく完成に至るはずだ。そこまでは何とか、ライフワークとして実現したいと思っている。

この際、言わずもがなのことをひとこと言わせてもらうなら、この本は「偉い人」の「自伝」ではない。筆者＝語り手は、誰もが知っている有名人でも、世のために役立つ功績のある人物でも、人生で大成功を収めた人物でもない。だからこれを読んでも、「偉い人」になるためのノウハウが身につくわけではない。実に平凡な、どこにでもいた少年の生活を綴ったものに過ぎないのである。ただ、少年が生きた時代が、終戦直後からそれに続く数年という、日本の歴史に類例を見ない特異な時代だった。要するに、極めて特異な時代を生きた平凡な少年の姿、ということになろうか。

しかし強調しておきたいことは、その少年を美化することはしなかった、ということである。子供というのは、それほど無邪気なものではない。天使の如く純朴で清らかなものではない。剥き出しの利己主義の中で生きている。何よりもまず自分のために生きるということが、子供が天から託された至高の使命なのだから、当然だろう。そこから派生する小狡い打算、いやらしい卑劣さ、そして失敗の数々、こうしたものを、ありのままに描き出したことは、それなりに意味があるのではなかろうか。若い読者諸氏には、戦後の少年と現代の少年の行状を読み比べていただきたい。果たしてかなり違うものなのか、それともあまり違いはなく、日本の少年は、七、八十年の時を隔ててほとんど同じものなのか。

もう一つだけ言わせてもらうなら、戦後という窮乏の時代を描くにあたって、貧しさの強調はしなかった。少年Hの家は比較的裕福だったとは言え、食糧事情の貧困を免れることはできなかった。ただ、戦後というと、食糧事情の劣悪さということになってしまうのは、一種のクリシェではなかろうか。

各章の初出は以下の通り。

一　祖父の死　『飛火』第五八号　二〇二〇年六月
二　友達のいる情景　『飛火』第五九号　二〇二〇年一二月
三「ブーちゃん」『飛火』第六〇号　二〇二一年六月

四　半魚人とグレース・ケリー　『飛火』第六一号　二〇二一年一二月
五　グレートマン＊よりグッドマンに　『飛火』第六二号　二〇二二年六月
　＊初出ではグレートマンだが、本書ではグレイトマンに修正。

前編は、欄外に註や写真を入れ、それが叙述の三層構造（本文、註、欄外註）という創意工夫をなしていたが、今回は、欄外註はやめにした。画像については著作権に抵触するリスクがあったし、註については、現今では読者が簡単に調べることができるからである。おかげで、ページの仕立てはよほどスッキリしたものとなった。

今回も、吉田書店社長、吉田真也氏には、すっかりお世話になった。氏の献身が少しでも報われるよう、一冊でも多くこの本が売れることを願っている。

『飛火』に掲載中に、さまざまな貴重なご指摘をお寄せくださった読者諸氏にも、この場を借りて謝意を表するものである。特に、本書の刊行にあたって、お名前を実名で記すことをお許しくださり、註の原稿もお寄せくださった、柏戸ひろ子、市毛富美子両氏（昔なら、両女史と書くところだが）には、幾重にも御礼申し上げる次第である。

二〇二三年六月

石崎　晴己

著者紹介

石崎 晴己（いしざき・はるみ）

1940年生まれ。青山学院大学名誉教授（文学部長、総合文化政策学部長等を歴任）。

1969年早稲田大学大学院博士課程単位取得退学。

ジャン＝ポール・サルトルを専攻、ピエール・ブルデューやエマニュエル・トッドの紹介・翻訳でも知られる。


著書に『エマニュエル・トッドの冒険』（藤原書店）、本書の前編にあたる『ある少年H』（吉田書店）がある。

訳書に、サルトル及びサルトル関係として、サルトル『戦中日記——奇妙な戦争』、『実存主義とは何か』（共訳、人文書院）、アンナ・ボスケッティ『知識人の覇権』（新評論）、アニー・コーエン＝ソラル『サルトル』（白水社）、ベルナール＝アンリ・レヴィ『サルトルの世紀』（監訳、藤原書店）、アニー・コーエン＝ソラル『サルトル伝』（藤原書店）がある。

エマニュエル・トッドのものとしては、『新ヨーロッパ大全』Ⅰ・Ⅱ、『移民の運命』、『帝国以後』、『デモクラシー以後』、『文明の接近』、『アラブ革命はなぜ起きたか』、『最後の転落』、『不均衡という病』、『家族システムの起源』Ⅰ・Ⅱ（いずれも藤原書店）。

他に、ピエール・ブルデュー『構造と実践』、『ホモ・アカデミクス』（いずれも藤原書店）、エレーヌ・カレール＝ダンコース『ソ連邦の歴史Ⅰ レーニン——革命と権力』（新評論）、『レーニンとは何だったか』（共訳、藤原書店）、ロットマン『伝記アルベール・カミュ』（共訳、清水弘文堂）、セリーヌ『戦争、教会』（国書刊行会）など多数。

編訳著書に『いまサルトル』（思潮社）、『エマニュエル・トッド世界像革命』（藤原書店）、編訳書に『トッド　自身を語る』（藤原書店）、『敗走と捕虜のサルトル』（藤原書店）、編書に『21世紀の知識人』（共編、藤原書店）など。

続　ある少年H
わが「失楽園」

2023年8月15日　初版第1刷発行

著　者　石崎晴己
発行者　吉田真也
発行所　合同会社 吉田書店
102-0072　東京都千代田区飯田橋2-9-6 東西館ビル本館32
TEL：03-6272-9172　FAX：03-6272-9173
http://www.yoshidapublishing.com/

装幀　野田和浩
DTP　閏月社
印刷・製本　藤原印刷株式会社
定価はカバーに表示してあります。

ISBN978-4-910590-13-4